Georg Carl Zimmer

Dünger-Lehre

Antigonos

Georg Carl Zimmer

Dünger-Lehre

Unveränderter Nachdruck der Originalausgabe von 1866.

1. Auflage 2024 | ISBN: 978-3-38637-091-2

Antigonos Verlag ist ein Imprint der Outlook Verlagsgesellschaft mbH.

Verlag: Outlook Verlag GmbH, Zeilweg 44, 60439 Frankfurt, Deutschland, info@outlook-verlag.de
Vertretungsberechtigt: E. Roepke, Zeilweg 44, 60439 Frankfurt, Deutschland
Druck: Libri Plureos GmbH, Friedensallee 273, 22763 Hamburg, Deutschland

Dünger-Lehre

herausgegeben

von der

Chemischen Fabrik

von

Georg Carl Zimmer

vormals

C. Clemm-Lennig

in

Mannheim.

Mannheim.
Druck und Verlag von J. Schneider.
1866.

Verfaßt

von

Dr. J. Neßler,
Vorstand der landwirthschaftlichen Versuchs-Station
in Karlsruhe.

Inhalt.

Welche Stoffe muß der Dünger enthalten?

Eine der wichtigsten Fragen für die Landwirthschaft ist offenbar die, wie die Felder gedüngt werden müssen, um mit dem möglichst geringen Kostenaufwand die größten Erträge zu erzielen. Daher kam es denn auch, daß schon seit Hunderten von Jahren die verschiedensten Versuche gemacht, und auch die verschiedensten Stoffe als zweckmäßige Dünger empfohlen wurden. In erster Linie stand fast immer der Stalldünger und gewiß auch mit Recht, denn dieser Dünger enthält in Beziehung auf Düngung dieselben Stoffe, die die Pflanzen, aus welchen er entstanden ist, selbst enthielten; man konnte also den Feldern durch den Stalldünger alle Stoffe zuführen, welche die Pflanzen zu ihrem Gedeihen aus dem Boden aufnehmen müssen. Es kann uns daher auch nicht wundern, daß der Stalldünger mit Vortheil angewandt wurde sowohl in den verschiedensten Gegenden, als bei den verschiedensten Boden-Arten, unter den verschiedensten klimatischen Verhältnissen und zu den verschiedensten Pflanzen, die ja, wie wir jetzt wissen, alle der Hauptsache nach dem Boden dieselben Stoffe, nur in verschiedener Menge entnehmen.

Anders, als mit dem Stalldünger, verhielt es sich mit vielen andern Stoffen, die als Dünger empfohlen wurden. An einem Ort waren die Ergebnisse günstig, am andern ungünstig oder doch zweifelhaft. Als Beispiel führe ich hier nur den Kalk an, in dem einen Boden, der keinen Kalk, dagegen ziemlich viel pflanzliche Ueberreste enthielt, waren die Ergebnisse sehr günstig; in einem andern kalkreichen Boden konnte selbstverständlich durch Düngung mit Kalk keine günstige Wirkung erhalten werden. Wir sehen also, daß bei der Düngung mit andern Stoffen als mit pflanzlichen Ueberresten ober mit Stallbünger man alle Ursache hat, sich die Fragen vorzulegen, ob ein Dünger die Bestandtheile enthält, die zum Wachsthum der Pflanzen nöthig sind, und ob er im Stande ist, einen gegebenen Boden an den Stoffen zu bereichern, die ihm zum guten Gedeihen der Pflanzen fehlen. Bevor wir die einzelnen Dünger besprechen, müssen wir uns klar zu machen suchen, welche Anforderungen die Pflanzen an den Boden stellen, welche Stoffe er enthalten muß, wenn die Pflanzen in der Menge und mit den Eigenschaften darauf gedeihen sollen, wie wir sie von unsern Culturpflanzen erwarten.

Aus Nichts wird Nichts, ist eine alte Regel, und wenn wir sehen, daß aus einem Weizenkorn eine Anzahl Stengel, Blätter und Aehren, letztere wieder mit vielen Körnern entstehen, oder wenn aus einem kleinen Samenkorn im Lauf der Zeit sich ein majestätischer Baum entwickelt, der jährlich Tausende von Samen erzeugt, wie jener, aus welchem er selbst entstanden ist; so liegt uns die Frage nahe: woher hat denn die Pflanze alle diese Stoffe genommen, mit welchen sie ihren Körper aufbauen und die Menge Samen erzeugen konnte? Der Boden muß es sein, der diese Stoffe liefert, denn in diesen gehen ja die aufsaugenden Wurzeln; die Luft, mit welcher die Pflanze noch in Berührung ist, kann die vielen Centner fester Stoffe nicht enthalten, die wir in einem Sommer auf einem Morgen Feld entstehen sehen. So wird man wohl ohne chemische Kenntnisse zuerst antworten, allein auch schon bei oberflächlicher Betrachtung der gewöhnlichen Verhältnisse werden wir auf die Bedeutung der Luft hingewiesen. Pflanzliche Stoffe, die verbrannt werden, oder die an der Luft nach und nach verwesen, lassen nur eine gewisse Menge fester Stoffe zurück, der größte Theil geht in Form von unsichtbaren Gasen in die Luft über. In dieser Weise werden jährlich viele Millionen von Centner fester pflanzlicher Stoffe gasförmig und verbreiten sich in der Luft, wir brauchen uns nur daran zu erinnern, wie viel Holz, Kohle und Torf verbrannt wird, und wie viel Dünger und ähnliche Stoffe im Jahr verwesen; blieben die durch Verbrennungen und Verwesung entstehenden luftförmigen Körper in der Luft, so wäre diese bald so schlecht, daß Menschen und Thiere nicht mehr darin athmen könnten. Eben die Pflanzen sind es, die gerade die entgegengesetzte Thätigkeit haben, als Verbrennung und Verwesung; durch die beiden letztern gehen die pflanzlichen Stoffe in luftförmige Körper über, die lebenden Pflanzen dagegen führen diese wieder in feste, in pflanzliche Stoffe zurück. Daß die Pflanzen im Stande sind, aus der Luft die verbrennlichen Theile ihres Körpers zu erzeugen, sehen wir aus verschiedenen Dingen, so z. B. wachsen Pflanzen auf verwitterter Lava, die durch feuerspeiende Berge ausgeworfen wurde; diese kann keine pflanzlichen Stoffe enthalten, weil sie ja glühend war, und doch enthält sie dann solche, wenn eine Reihe von Jahren Pflanzen darauf gewachsen sind. Wird in einem Boden, der keine oder nur außerordentlich wenig pflanzliche Stoffe enthält, ein Wald angelegt, so wird der Boden reicher an pflanzlichen Stoffen, und wir wissen ja, daß überall, wo Wald lange bestanden hat, der Boden viele pflanzliche Stoffe enthält, obschon ihm nie Stalldünger zugeführt wurde; in diesen beiden Fällen sind offenbar die verbrennlichen Stoffe der Pflanzen aus den Bestandtheilen der Luft entstanden.

Schon oben wurde daran erinnert, daß bei'm Verbrennen und bei'm Verwesen pflanzlicher Stoffe eine gewisse Menge nicht flüchtiger Körper zurückbleibe, man heißt diese gewöhnlich Aschenbestandtheile. Die Menge dieser Aschenbestandtheile in den pflanzlichen Stoffen ist sehr verschieden, so gibt z. B. der Centner Tabak 14—22 Pfund, der Centner Runkelrüben 1, der Centner Weizen 2, der Centner Stroh 4—5, Heu 6—8 Pfund Asche. Ob nun die Menge dieser letzteren in den Pflanzen groß oder klein sei, immerhin können die verbrennlichen Theile nicht entstehen, wenn die Pflanze die unverbrennlichen Theile nicht im Boden vorfindet.

Die Asche aller Pflanzungen besteht der Hauptsache nach aus Kalk, Kali, Magnesia, Eisen, Phosphorsäure, Schwefelsäure und Kieselsäure.

Phosphorsäure.

Von diesen genannten Stoffen hat die Phosphorsäure für den Landwirth eine ganz besondere Bedeutung, weil sie von den Pflanzen in ziemlicher Menge aus dem Boden aufgenommen wird und in weitaus den meisten Fällen nur in verhältnißmäßig kleiner Menge in letzterem enthalten ist. Vergleichen wir den Gehalt der Erde, des Weizens und der Knochen an Phosphorsäure mit einander.

1 Pfund Phosphorsäure ist enthalten in

    1000 bis 2000 Pfund gewöhnlicher Ackererbe,

    120 Pfund Weizen,

    $4^{1}/_{2}$ „   Knochen.

Die Phosphorsäure wird von den Pflanzen aus dem Boden aufgenommen, von den Verdauungswerkzeugen der Menschen und Thiere wieder aus der Nahrung ausgeschieden und in den Knochen aufgespeichert.

Es ist gewiß auffallend, wie so von der Erde bis zu den Knochen durch Vermittelung der Pflanzen die Phosphorsäure sich ansammelt. Da diese Säure nicht in Wasser gelöst, sondern fein zertheilt, aber in unlöslichen Verbindungen im Boden enthalten ist, so müssen die Wurzeln sich nach allen Seiten hin ausbreiten, um die für das Gedeihen der Pflanzen nöthige Phosphorsäure zu sammeln: erst in Berührung mit den feinen Wurzelenden gehen die unlöslichen phosphorsauren Verbindungen in Lösung über, können so aufgenommen und den Pflanzen zugeführt werden. Es versteht sich ganz von selbst, daß, wenn zu geringe Mengen der genannten Säure sowohl, als der übrigen Pflanzennahrungsmittel im Boden enthalten sind, die Wurzeln sich zu weit ausbreiten müßten, um die Menge zu finden, die zum Gedeihen der Pflanze nöthig wäre. Ist der Boden arm, so bleibt, wie jeder Landwirth weiß, die Pflanze klein, die einzelnen Theile entwickeln sich nicht richtig, eben weil die Wurzeln nicht die Stoffe sammeln können, die zur bessern Entwickelung nöthig wären. Ist der Boden arm an Phosphorsäure, so bilden sich die ganzen Pflanzen, ganz besonders aber die Samen schlecht aus, weil diese zu ihrer Ausbildung am meisten jener Säure bedürfen.

Um einen Ueberblick zu bieten, wie viel Phosphorsäure in verschiedenen Pflanzen und Pflanzentheilen enthalten ist, wird in folgender Liste angegeben, wie viel Pfund Phosphorsäure je 100 Centner der genannten Stoffe enthalten *).

Gehalt einiger Pflanzen und Pflanzentheile an Phosphorsäure.

100 Centner	enthalten Phosphorsäure Pfund	100 Centner	enthalten Phosphorsäure Pfund
Weizen-Samen	82	Kartoffel-Knollen	18
„ Stroh	23	„ Kraut, grün	6
Gerste-Samen	72	Topinambur	16
„ Stroh	19	Zuckerrüben-Wurzeln	11
Hafer-Samen	55	„ Kraut	13
„ Stroh	18	Reps-Samen	164
Roggen-Samen	82	„ Stroh	27
„ Stroh	19	Hanf, ganze Pflanze	33
Mais-Samen	55	Lein, ganze Pflanze	74
„ Stroh	38	Tabak	71
Erbsen-Samen	88	Heu von Rothklee	56
„ Stroh	38	„ von Weißklee	85
Ackerbohnen-Samen	116	„ von Esparsette	47
„ Stroh	41	„ von Luzerne	51
		Wiesenheu	41

Es wurde früher und könnte vielleicht noch von manchem Landwirth die Frage aufgeworfen werden, ob denn wirklich

---

*) Die Angaben über Gehalt an Asche sind aus der Schrift „Die mittlere Zusammensetzung der Asche von Dr. E. Wolff" entnommen oder darnach berechnet.

die Phosphorsäure, die in allen Theilen der Pflanze gefunden wird, zum Gedeihen der letztern nöthig ist, oder ob sie
nicht ganz zufällig mit den andern Nahrungsmitteln durch die
Wurzeln in die Pflanze übergeht. Wir können schon den
Schluß ziehen, daß, wenn die pflanzlichen Stoffe, wie Getreide, Kartoffeln u. s. w., uns und unsere Hausthiere ernähren sollen, sie auch Phosphorsäure enthalten müssen; denn
ohne diese könnten ja die heranwachsenden Menschen und Thiere
keine Knochen, die zu einem Dritttheil aus phosphorsaurem
Kalk bestehen, erzeugen, und der ganze Körper könnte sich nicht
ausbilden, weil, außer den Knochen, auch Fleisch und Blut
immer Phosphorsäure enthalten müssen. Unendlich viele Versuche und Untersuchungen beweisen:

1) daß ein richtiges Gedeihen der Pflanzen nur dann statt-
   finden kann, wenn eine genügende Menge Phosphorsäure
   im Boden enthalten ist;

2) daß bei Anwendung phosphorsäure-reichen Düngers in
   den meisten Fällen nicht nur die Menge an Getreide,
   an Kartoffeln und sonstigen Feldfrüchten größer, sondern
   daß auch die Beschaffenheit derselben meist weit besser
   wird. Getreide wird schwerer, Kartoffeln werden reicher
   an Stärkemehl u. s. w.

Wir wollen von den vielen ausgeführten Versuchen nur
einige hier anführen:

1) Versuch in Schleißheim vom Jahr 1857 mit Sommer-
   weizen. Gedüngt mit 657 Kil. phosphorsaurem Kalk
   (mit Schwefelsäure aufgeschlossen), pr. Hectare gab
        Weizensamen 1301 Kil., Stroh 3813 Kil.;
   ungedüngt: „   644 „   „   1656 „ ;

2) Versuch in Schleißheim vom Jahr 1858 mit Winter-
   roggen. Gedüngt mit 525 Kil. phosphorsaurem Kalk
   (mit Schwefelsäure aufgeschlossen), pr. Hectare gab
        Samen 654 Kil., Stroh 1341 Kil.;
ungedüngt: „   115 „   „   282 „ ;

3) Versuch in Karlsruhe vom Jahr 1863 mit Sommer-
weizen, mit 4 Centner pr. bad. Morgen Superphosphat
(von Clemm-Lennig) und 25 Centner Torf gedüngt, gab
1050, mit 4 Centner Superphosphat allein gedüngt, gab
850, mit 200 Centner Stalldünger gedüngt, gab 800,
mit nichts gedüngt, gab 690 Pfund Weizen:

4) Versuche in Karlsruhe im Jahr 1861 mit Kartoffeln,
mit 4 Centner Baker-Guano-Superphosphat pr. Morgen
gaben 130, mit Knochenmehl-Superphosphat 127, mit
Stalldünger 112, ungedüngt 109 Centner Kartoffeln.

Bei letzterem Versuch war besonders die Verschiedenheit
der Güte der Kartoffeln auffallend; während die Kartoffeln,
mit Stalldünger gedüngt, 19 Proc. Stärke enthielten, enthielten jene mit Knochenmehl- und mit Baker-Guano-Superphosphat gedüngten je $22\frac{1}{2}$ Proc. Stärkemehl.

5) Versuch in Karlsruhe im Jahr 1864 mit Hanf. Hanf
wurde mit 4 Centner Peru-Guano gedüngt, gab 5168
Pfund ganze Pflanzen und 228 Pfund Samen, mit 200
Centner Stalldünger gedüngt, 5024 Pfund ganze Pflanzen
und 112 Pfd. Samen.

Aus all' dem Gesagten geht auf das Bestimmteste die
große Bedeutung der Phosphorsäure auf das Pflanzenwachsthum hervor. Wenn wir nun fragen, welche Ergebnisse man
im praktischen Betrieb der Landwirthschaft von der Anwendung
der phosphorsäure-reichen Dünger erhielt, so brauchen wir uns
nur daran zu erinnern, welche enorme Verbreitung dieselbe
gefunden hat.

Die Einfuhr der Knochen in England begann erst in dem
letzten Viertel des vorigen Jahrhunderts, ohne daß man da-
mals die Bedeutung der darin enthaltenen Phosphorsäure kannte.
Die Wirkung war aber so hervorragend und wurde von den
unternehmenden Engländern so gewürdigt, daß man bald dieselben von allen Seiten zusammenkaufte und bis vor wenigen
Jahren jährlich Hunderttausende von Centnern aus allen Län-

dem Europa's, besonders aus Deutschland und Italien, in England einführte.

Der Peru-Guano wurde erst im Jahr 1812 in Europa durch Alex. von Humboldt bekannt; erst im Jahr 1841 in größerer Menge eingeführt, und doch betrug die Einfuhr nach England von jenem Jahr bis zu 1855 — also in 15 Jahren — 30 Millionen Centner*).

Nach „Mortons „New Farmers Almanac“ für 1865 betrug die Einfuhr von Peru-Guano von 1841—1865 65 Millionen Centner; sie hat also in den letzten zehn Jahren bedeutend zugenommen. In den ersten fünfzehn Jahren war der Verbrauch jährlich durchschnittlich 2, in den letzten zehn Jahren 3½ Millionen Centner.

Die Einfuhr von Knochen in England betrug im Jahr 1848 600,000 Ctr., und beträgt jetzt 1,600,000 bis 1,800,000 Ctr. jährlich; außerdem werden in den englischen Superphosphat-fabriken 1,600,000 Ctr. Coprolithen und 400,000 Ctr. Phosphorit Sombrero verwendet. Eine einzige Superphosphatfabrik, jene von Laws in England, erzeugt jährlich 400,000 Centner Superphosphat. Für Superphosphat allein werden in England etwa 12 Millionen Gulden jährlich verwendet; gewiß der beste Beweis, daß auch in der Praxis die Phosphorsäure als Dünger sich bewährt hat, sonst würden von den praktischen Landwirthen, die sicherlich auch berechnen, was das Vortheilhafteste ist, nicht solche enormen Summen ausgegeben werden.

Nach den Zahlen-Angaben, die eben gemacht wurden, sagt der genannte „Almanac“: „Es kann nicht bezweifelt werden, daß die größere Fruchtbarkeit des Bodens nicht allein der verbesserten Drainage und der verbesserten Bearbeitung des Feldes, sondern der ausgedehnteren Anwendung düngender Stoffe zu verdanken ist.“

*) Chemie in Anwendung auf Agricultur und Physiologie von J. v. Liebig.

In Deutschland ist die Anwendung künstlicher Dünger noch nicht so allgemein, doch werden in einzelnen Gegenden schon sehr große Mengen verwendet. So befinden sich nach Dr. Schneider in Rheinhessen auf 25 Quadratmeilen 75 Düngerhandlungen, die im Jahr 1863 ungefähr 180,000 Ctr. künstlichen Dünger, darunter 150,000 Ctr. Superphosphat, also auf die Quadratmeile 7100 Ctr. Dünger absetzten. In Folge davon ist die Bodenrente dergestalt nach zehnjährigem Durchschnitt gewachsen, daß sie einem Mehrcapital von 120 Millionen, also pr. Quadratmeile von nahezu 5 Mill. Gulden entspricht. Besonders beachtenswerth ist aber, daß diejenigen Felder, die bei der früheren reinen Stallmistwirthschaft nur arme Ernten brachten, jetzt einen Körnerreichthum liefern, wie er noch niemals den betreffenden Flächen entnommen werden konnte. Außer im angeführten Rheinhessen werden aber die künstlichen Dünger auch in andern Theilen Deutschlands, namentlich in Rheinbayern, Rheinpreußen und Sachsen, in sehr großer Menge angewandt, und es ist auffallend, daß überall, wo man die Anwendung derselben nur einmal ernstlich begonnen, diese Anwendung schnell eine große Ausdehnung annimmt.

Wir haben bis jetzt besonders die Bedeutung der Phosphorsäure hervorgehoben, weil auf sie die Aufmerksamkeit der Landwirthe in erster Linie gelenkt zu werden verdient. Wir sind aber weit entfernt, annehmen zu wollen, daß man mit ihr in allen Fällen ausreicht. Es wurde oben angeführt, daß die Asche außer der Phosphorsäure noch Kali, Kalk, Magnesia, Eisen, Schwefelsäure und Kieselsäure enthält; alle diese Stoffe müssen im Boden enthalten sein, wenn Pflanzen darauf gedeihen sollen. Außer diesen Aschenbestandtheilen haben noch die verwesenden pflanzlichen und thierischen Stoffe, ganz besonders jene, die reich sind an Stickstoff, eine große Bedeutung für das Pflanzenwachsthum, sie oder Verbindungen von Ammoniak oder Salpetersäure müssen dem Boden zugeführt werden, wenn manche unserer Culturpflanzen sich in der Weise entwickeln sollen, wie wir es von ihnen erwarten. Wir werden deshalb in Folgendem, als wichtigste Stoffe für die Düngung, noch Kali, Kalk, pflanzliche und thierische Ueberreste, Stickstoffe, und als Verbindungen des letzteren, Ammoniak und Salpeter=säure betrachten.

Kali.

Das Kali ist ebenfalls in allen Pflanzen und Pflanzen=theilen enthalten, während aber die Phosphorsäure sich in größter Menge in den Samen vorfindet, ist das Kali in be=sonders großer Menge in Wurzeln, Blättern und Stengeln enthalten. Hundert Centner der nachfolgenden Stoffe enthalten die beigefügte Menge Kali in Pfunde ausgedrückt:

Gehalt von Pflanzen und Pflanzentheilen an Kali.

100 Centner	enthalten Kali Pfunde.	100 Centner	enthalten Kali Pfunde.
Weizen=Samen	55	Kartoffel=Knollen	56
Weizen=Stroh	49	Kartoffelkraut, frisch im	
Gerste=Samen	48	October	7
Gerste=Stroh	93	Topinambur=Knollen	67
Hafer=Samen	42	Zuckerrüben=Wurzeln	40
Hafer=Stroh	97	Zuckerrüben=Kraut	40
Roggen=Samen	54	Reps=Samen	88
Winterroggen=Stroh	76	Reps=Stroh	97
Sommerroggen=Stroh	111	Hanf, ganze Pflanze	52
Mais=Samen	33	Lein, ganze Pflanze	113
Mais=Stroh	166	Tabak	541
Erbsen=Samen	98	Heu von Rothklee	195
Erbsen=Stroh	107	Heu von Weißklee	106
Ackerbohnen=Samen	120	Heu von Esparsette	179
Ackerbohnen=Stroh	259	Heu von Luzerne	152
		Wiesenheu	171

Das Kali ist in manchen Böden in sehr geringer Menge vorhanden, in anderen Böden dagegen findet es sich in ziem=licher Menge vor, ist aber dann meist mit Kieselerde und

Thonerde (zu Feldspath) verbunden, von welcher Verbindung die Pflanzen es nicht oder doch meistens nicht in genügender Menge aufnehmen können. Es sind mancher solcher Fälle bekannt, wo der Boden sehr reich ist an Kali, und doch Düngungen mit Kalisalzen außerordentlich günstig wirken, eben deshalb, weil das Kali, das im Boden vorhanden ist, von einem Jahr zum andern nicht in der Menge für die Pflanzenwurzel löslich wird, wie es zum Gedeihen der Kulturpflanzen nöthig wäre. Auf dem Hauensteiner Walde z. B. besteht der Boden meist aus unvollständig verwittertem Granit, der so viel Kali enthält ($2^1/_2$ — $3^1/_2$ Proc.), daß die Menge desselben viele Tausende von Jahren zum Gedeihen der Culturpflanzen genügte; auch Phosphorsäure ist in ziemlicher Menge vorhanden (0,08 Proc.) und doch ist der Boden nicht fruchtbar; seine Fruchtbarkeit kann aber durch Asche (Kali, Phosphorsäure) sehr erhöht werden, und in Wirklichkeit war die Düngung mit Asche oder dem Rückstande von der Pottaschefabrikation (Abasche) früher hier so stark in Gebrauch, als an irgend einem andern Ort, und zwar, nach der Aussage der dortigen Landwirthe, immer mit dem besten Erfolg. Ganz dasselbe gilt von vielen anderen Gegenden, wo der Boden aus solchen Steinen entstanden ist, die zwar reich sind an Kali (Gneiß, Syenit, Granit, Porphyr), die aber zu langsam verwittern, als daß die Pflanzen genügend Kali aufnehmen könnten; an manchen solchen Orten wurde mit Vortheil Holzasche verwendet.

Wenn man dem Boden Kali zuführen will, so ist der älteste und natürlichste Weg der, daß man mit Holzasche, oder selbst mit ausgelaugter Holzasche (Abasche), die immer noch 4 bis 5 Proc. Kali enthält, die Felder düngt. In der letzten Zeit ist aber die Holzasche so theuer und selten geworden, daß sie nur wenig als Dünger angewendet werden kann; die Pottasche (eingesottene Lauge) dagegen wurde billiger, als sie früher war; daher wird bei uns fast keine mehr davon dargestellt, und folglich auch nur wenig Abasche zum Düngen erhalten.

Glücklicherweise wurde nun in den letzten Jahren eine reiche Quelle von Kali entdeckt. In dem Salzbergwerk Staßfurt liegt nämlich über dem Kochsalz eine Schichte Salz, die reich ist an Kali. Da dieses letztere Salz abgeräumt werden muß, bevor man zu dem Kochsalz gelangt, so hat man es „Abraumsalz" genannt. Aus diesem Staßfurter Abraumsalz werden nun verschiedene Salze dargestellt, die zum Theil sehr reich sind an Kali und deshalb auch um verhältnißmäßig kleine Fracht auf große Entfernung versandt werden können.

Bei der Anwendung von Kalisalzen ist es nun nicht gleichgültig, an welche Säure der Kali gebunden ist. Wir haben oben schon angeführt, daß im Boden das Kali mit Kieselerde und Thonerde verbunden als Feldspath vorkommt, hier nicht löslich ist, also nicht oder nur sehr langsam zur Wirkung gelangt. Die Kalisalze, die in der Asche vorkommen, und jene, die im Abraumsalz enthalten sind und daraus dargestellt werden, sind zwar alle löslich, haben aber doch sehr verschiedene Eigenschaften, je nach der Säure, die mit dem Kali verbunden ist, und je nach den übrigen Salzen, die mit den Kalisalzen gemischt sind.

Die sicherste und am längsten erprobte Wirkung hat auf die verschiedenen Culturpflanzen meist das kohlensaure Kali, wie es in der Asche und Pottasche vorkommt; wie dieses, scheint das schwefelsaure Kali, das aus dem Staßfurter Salz dargestellt wird, vor dem Chlorkalium den Vorzug zu verdienen. So vermehrt das schwefelsaure Kali in der Zuckerrübe den Zucker, in der Kartoffel den Stärkemehlgehalt und erhöht bei dem Tabak die Verbrennlichkeit; während Chlorkalium und andere in großer Menge vorhandenen Chlorverbindungen diese Vorzüge wieder aufheben.

Die folgende, der landwirthschaftlichen Zeitschrift für das Großherzogthum Hessen entnommene, Tabelle enthält die in dieser Beziehung sehr merkwürdigen Versuche von Schlösfing

Tabelle,

nachweisend die angewendeten Düngmittel, den erzielten Aschengehalt des Tabaks und das darin geerndtete Nicotin.

(Der Grad der Verbrennlichkeit befindet sich in der letzten Colonne vermerkt.)

Nummer.	Getrocknet. Fleisch.	Ausgel. Walderde.	Düngung per Hectare. Kali-Salz. Natur desselben.	Quantum.	enth. reines Kali.	Kali.	Kali.	Bittererde.	Schwefelsäure.	Chlor.	Nicotin.	Grad der Verbrennlichkeit der Cigarren.	
1	0	0	0	0	0	1,04	7,73	0,99	0,99	0,70	8,27	kohlen und halten kein Feuer.	fast unverbrennl.
2	3300	11,500	0	0	0	0,98	7,48	0,81	0,95	0,55	8,95	desgl.	desgl.
3	—	—	Schwefelsaures Kali	660	360	2,66	6,58	0,78	0,97	0,45	8,05	kohlen nicht und halten 3 Minuten Feuer.	sehr verbrennlich.
4	—	—	Chlorkalium	570	360	1,74	7,17	0,73	0,87	1,64	7,96	kohl. u. halt. höchstens 1 Min. Fr.	wenig verbrennl.
5	—	—	Salpetersaures Kali	773	360	2,13	6,26	0,64	0,79	0,38	7,65	kohlen nicht; in voller Verbrennung nach 3 Minuten.	sehr verbrennlich.
6	—	—	Kohlensaures Kali	265	180	1,65	7,34	—	0,96	0,44	8,78	kohlen ein wenig und halten 3 Minuten Feuer.	verbrennlich.
7	—	—	Kohlensaures Kali	530	360	2,24	6,24	0,65	0,84	0,42	8,43	kohlen nicht und halten 3 Minuten Feuer.	desgl.
8	—	—	Kohlensaures Kali	1060	720	2,50	6,61	—	1,05	0,54	8,27	kohlen nicht; in voller Verbrennung nach 3 Minuten.	sehr verbrennlich.
9	—	—	Chlorcalcium	432	—	1,16	8,47	0,97	0,85	1,77	8,27	kohlen stark.	durchaus unverb.
10	—	—	Chlormagnesium	213	—	0,82	8,29	1,09	0,77	1,69	8,00	desgl.	desgl.
11	—	—	Kieselsaures Kali	500	110	1,39	7,74	0,92	0,98	—	7,98	Deckbl. koh. ein wen. u. hlt. 1 M. F.	mittelmäß. verb.
12	—	—	Kieselsaures Kali	1000	220	1,99	7,44	0,78	4,06	0,50	8,17	hält mehr als 2 Minut. Feuer.	desgl.

Bei Versuchen, die ich in der Gartenbauschule in Karls=
ruhe anstellte, war der Tabak mit Asche gedüngt am schön=
sten: die Blätter waren groß, dünn und am leichtesten ver=
brennlich. Bei Düngung mit Chilisalpeter, mit Jauche oder
mit Kochsalz wurden die Blätter dick und sehr schwerverbrennlich.

Die in dem rohen Abraumsalz enthaltenen sonstigen Salze,
wie Chlorcalcium und Chlormagnesium und zum Theil auch
Chlornatrium und Chlorkalium haben zunächst, wie oben angeführt wurde, auf den Tabak, aber auch auf andere Culturpflanzen, besonders Zuckerrüben, eine ungünstige Wirkung.
Deshalb wendet man in vielen Fällen besser das aus dem
Abraumsalz dargestellte schwefelsaure Kali an, um so mehr,
als die in diesem enthaltene Schwefelsäure an und für sich
schon ein nothwendiges Nahrungsmittel der Pflanzen ist, und,
für sich allein angewandt, schon eine gute Wirkung äußert.

Bei Futterrüben, Runkelrüben und Mais hat auch das
Chlorkalium eine sehr günstige Wirkung gezeigt.

Die verschiedenen Kalisalze und Kalidünger werden wir
noch später besprechen.

Kalk.

Der Kalk ist bei sehr vielen Feldern in mehr als
genügender Menge vorhanden, andere Felder aber sind sehr
arm daran, und eine Düngung mit Kalk kann dann zuweilen
so viel Gutes bewirken, als eine Düngung mit Stalldünger
oder mit sogenannten künstlichen Düngern. Es hätte gewiß
großen Werth, wenn die Landwirthe immer selbst untersuchen
könnten, was ihren Feldern am meisten fehlt; leider ist dies
im Allgemeinen nicht möglich, weil zu solchen Ermittelungen
genaue chemische Kenntnisse und große Uebung nöthig sind,
die der Landwirth gewöhnlich nicht besitzen kann. Beim Kalk
ist es nun anders, mit größter Leichtigkeit kann Jeder, der
auch sonst von Chemie nichts versteht, ermitteln, ob ein Boden
Kalk enthält oder nicht, man darf nur etwas Erde mit Wasser

anrühren, und dann Salzsäure darüber gießen; ist Kalk vorhanden, so findet ein Aufbrausen statt. Diesen Versuch sollte jeder Landwirth, sowohl mit der Ackererde, als mit dem Untergrund anstellen. Es sind mir Fälle bekannt, wo man mit Kalk düngte, ohne Erfolg zu haben, weil die Ackererde oder der Untergrund schon hinreichend Kalk enthielt, andererseits aber wird auch oft auf sehr kalkarmen Boden kein Kalk angewandt, obschon man solchen haben könnte, und ein guter Erfolg mit Sicherheit zu erwarten wäre.

In folgender Liste sind die Pflanzen angegeben, die viel Kalk enthalten, also auch viel davon aus dem Boden entnehmen müssen.

Gehalt der Pflanzen und Pflanzentheile an Kalk.

100 Centner	enthalten Kalk Pfund.	100 Centner	enthalten Kalk Pfund.
Gerste-Stroh	33	Reps-Samen	52
Gerste-Grannen	127	Reps-Stroh	101
Sommerroggen-Stroh	44	Hanf, ganze Pflanze	122
Winterroggen-Stroh	31	Lein, ganze Pflanze	50
Mais-Stroh	50	Hopfen, ganze Pflanze	118
Erbsen-Samen	12	Tabak	731
Erbsen-Stroh	186	Heu von Rothklee	192
Ackerbohnen-Samen	15	Heu von Weißklee	194
Ackerbohnen-Stroh	135	Heu von Luzerne	288
Gartenbohnen-Stroh	141	Heu von Esparsette	146
Kartoffel-Kraut	55	Heu von Grünwicken	193
		Wiesenheu	77

Um den Feldern Kalk zuzuführen, können nun je nach örtlichen Verhältnissen verschiedene Stoffe verwendet werden. In erster Linie stehen: Gyps, gebrannter und an der Luft zerfallener Kalk.

Der Gyps enthält außer Kalk noch Schwefelsäure, die ebenfalls auf das Wachsthum der Pflanzen eine günstige Wirkung äußert. Der gebrannte und zerfallene Kalk befördert die Verwesung des Düngers, und überhaupt der pflanzlichen und thierischen Stoffe; er macht deshalb, daß diese Stoffe schneller zur Wirkung gelangen, selbstverständlich kann aber der Kalk die Phosphorsäure, das Kali und den Stickstoff, die durch die Ernten entzogen werden, nicht ersetzen, sondern es müssen, außer Kalk, noch andere Dünger verwendet werden, besonders muß auch dafür gesorgt werden, daß wieder pflanzliche und thierische Stoffe, sei es durch Stalldünger, oder Torf oder ähnliche Stoffe, in den Boden gebracht werden, sonst könnte das Sprüchwort wahr werden, „das Kalken macht reichen Vater und armen Sohn", d. h. die organischen Stoffe des Bodens werden durch öfteres Kalken zersetzt, die Phosphorsäure und das Kali werden durch die Ernten entfernt, so daß, wenn nur gekalkt und nicht auch sonst genügend gedüngt wird, die Aecker später um so schlechter sind. Außer den angeführten Sorten Kalk stehen den Landwirthen zuweilen Bodenarten zur Verfügung, die reich sind an Kalk, und deshalb zweckmäßig auf solche Felder geführt werden können, die arm daran sind, z. B. Mergel, Rheinschlamm und Löß; diese Bodenarten werden mit Vortheil auf allen Feldern verwendet, die arm sind an Kalk, z. B. Boden, der aus Gneis, oder Granit entstanden ist, auf Moorboden u. s. w.

Die verschiedene Verbindung von Kalk, also Gyps, gebrannter Kalk, kohlensaurer Kalk (Mergel, Löß, Rheinschlamm) haben noch auf Boden, der aus Gneis, Granit, Basalt, Porphyr oder ähnlichen Steinen entstanden ist, dadurch eine günstige Wirkung, daß das Verwittern der noch vorhandenen Steine befördert, die darin enthaltenen Pflanzennahrungsmittel also löslich gemacht werden.

Pflanzliche und thierische Stoffe als Dünger.

Bis jetzt haben wir die wichtigsten jener Stoffe besprochen, die beim Verbrennen pflanzlicher Körper als Asche zurückbleiben, außer diesen haben auch die verbrennlichen oder beim Erhitzen flüchtigen Theile als Dünger eine große Bedeutung.

Die im Boden enthalteuen verwesenden Stoffe bezeichnet man gewöhnlich mit dem Namen Humus. Die Verwesung selbst ist eine langsame Verbrennung, und da überall beim Verwesen oder Verbrennen von Körpern Wärme entsteht, so entsteht auch beim Verwesen von Humus immer Wärme, die sich zwar auf viel Erde vertheilt, aber gewiß nicht ohne Bedeutung für das Wachsthum der Pflanzen ist. Man sagt daher mit Recht, der Stallbünger erwärmt den Boden.

Der Humus lockert den Boden, er hält das Ammoniak zurück, das durch Verwesung im Boden entsteht, oder durch Regen oder Schneewasser oder durch die Luft zugeführt wird, hält den Boden feuchter, weil er weit mehr Wasser aufsaugt und dasselbe länger behält, als die erdigen Theile. Durch den Humus wird ferner das Verwittern der Steine und Steinchen des Bodens befördert, so daß die darin enthaltenen, bis dahin unlöslich gewesenen Körper für die Pflanzen löslich werden.

Wir haben endlich oben angeführt, daß bei dem Verwesen und Verbrennen der pflanzlichen und thierischen Stoffe luftförmige Körper entstehen, die sich in der atmosphärischen Luft verbreiten und daß eben aus diesen luftförmigen Körpern die lebende Pflanze den verbrennlichen Theil ihres Körpers aufbauen kann. Der Gedanke liegt nun sehr nahe, daß, wenn den Pflanzen mehr jener luftförmigen Körper, die beim Verwesen entstehen, geboten werden, sie schneller wachsen, überhaupt besser gedeihen. Dies ist denn auch in Wirklichkeit der Fall, beim Verwesen oder Verbrennen der pflanzlichen und der thierischen Stoffe entstehen: Kohlensäure, Ammoniak und Salpetersäure, die alle drei das Wachsthum der Pflanzen befördern, wenn die Pflanzen gleichzeitig eine genügende Menge Aschenbestandtheile aus dem Boden, oder aus Wasser aufnehmen können. Wir haben also hierin schon genügenden Grund, an die günstige Wirkung der pflanzlichen und thierischen Stoffe zu glauben, denn, wenn der Dünger im Boden eines Ackers verwest, so kommen die luftförmigen Körper, die entstehen, doch zunächst den Pflanzen zu gut, die auf diesem Acker sind, um so mehr, als ja auf der untern Seite der Blätter sich vorzugsweise jene Oeffnungen (Mund-öffnungen) befinden, durch welche die Pflanzen ihre luftförmige Nahrung aufnehmen.

Der größte Theil des Ammoniaks und der Salpetersäure, die bei'm Verwesen entstehen, bleiben aber im Boden und können hier von den Wurzeln der Pflanzen unmittelbar aufgenommen werden.

Von den pflanzlichen und thierischen Stoffen haben besonders jene eine große Bedeutung, die entweder viel Ammoniak oder Salpetersäure enthalten, oder aus welchen eine möglichst große Menge dieser Stoffe entstehen kann; mit andern Worten: die viel Stillstoff enthalten, der in Ammoniak oder Salpetersäure übergeht.

Der Stickstoff selbst ist eine Luftart, die, wie die gewöhnliche Luft, weder Farbe, noch Geruch oder Geschmack besitzt; er ist zu vier Fünftel in der atmosphärischen Luft enthalten.

So viel man weiß, hat der Stickstoff in seinem freien, luftförmigen Zustand, wie er in der Luft enthalten ist, keinen Einfluß auf das Pflanzenleben, wenigstens kann er von den Pflanzen nicht zum Aufbau ihres Körpers verwendet werden; es müssen immer Verbindungen von Stickstoff mit andern Stoffen entweder im Boden oder in der Luft oder in beiden enthalten sein, wenn die Pflanzen gedeihen sollen. Solche

Verbindungen, die besonders von den Pflanzen als Nahrung aufgenommen werden, sind eben das Ammoniak und die Salpetersäure. Einen Theil ihres Bedarfes an diesen letzteren können die Pflanzen schon aus der Luft decken, weil in dieser immer sowohl Ammoniak als Salpetersäure in geringer Menge enthalten ist; damit aber auch in unserem Klima solche Massen pflanzlicher Stoffe auf einer gewissen Fläche, z. B. auf einem Morgen entstehen, wie wir es von unseren Culturpflanzen erwarten, ist bei den meisten der letzteren eine Düngung mit stickstoffhaltigen Körpern nöthig.

Das Ammoniak ist ein flüchtiger Körper, von starkem, stechendem Geruch, der allgemein als Geruch des verwesenden Düngers bekannt ist. Durch Berührung mit Säuren, z. B. Salzsäure oder Schwefelsäure, oder mit feuchtem Torf, oder mit Gyps, oder mit Eisenvitriol, oder endlich mit Erde, verliert das Ammoniak, wie es im Dünger vorkommt, seine Flüchtigkeit, d. h. es wird gebunden. Da das Ammoniak beim Verwesen pflanzlicher und thierischer Stoffe entsteht und ein flüchtiger Körper ist, so sind immer kleine Mengen davon in der Luft enthalten.

Die Salpetersäure besteht aus denselben Bestandtheilen wie die Luft, nämlich aus Sauerstoff und aus Stickstoff, mit dem Unterschied, daß diese beiden Stoffe in der Luft nur gemischt, nicht chemisch verbunden, in der Salpetersäure aber chemisch verbunden sind. Bei jedem Gewitter und auch durch manche andere Einflüsse verbinden sich einzelne Theile des Sauerstoffs und des Stickstoffs der Luft mit einander zu Salpetersäure, daher ist denn auch immer eine kleine Menge Salpetersäure in der Luft, im Regenwasser, im Thau und im Schnee enthalten. Außerdem bildet sich die Salpetersäure, wenn stickstoffhaltige Bestandtheile, wie Stalldünger, Jauche, Knochen, Fleisch, Blut u. s. w. in Berührung mit Luft verwesen, besonders, wenn gleichzeitig Kalk oder Asche vorhanden ist. In dieser Weise bildet sich immer eine gewisse Menge Salpetersäure in den Mauern der Stallungen, in den Composthaufen, in dem Dünger und in der Ackererde.

Das Verhalten der Erde zu Ammoniak und zu Salpetersäure ist nicht gleich. Das Ammoniak wird nämlich von der Erde zurückgehalten (absorbirt), während dies bei der Salpetersäure nicht der Fall ist. Von dem Ammoniak, das wir im Stallbünger oder durch andere Stoffe in den Boden bringen, werden daher auch durch ziemlich viel Regen oder Schneewasser nur geringe Mengen mitgenommen. Die Salpetersäure dagegen, die wir auf das Feld bringen, kann durch größere Mengen Wasser fortgeführt werden, also für das betreffende Feld verloren gehen. Solche Stoffe, die also Ammoniak enthalten, können schon im Spätjahr auf das Feld gebracht werden, während jene Dünger, die schon gebildete Salpetersäure enthalten, wie Chilisalpeter, Compost, Mauerschutt von Stallungen, erst im Frühjahr zu verwenden sind, damit sie nicht den großen Mengen Regen und Schneewasser des Spätjahrs und Winters ausgesetzt seien. Stickstoffhaltige Körper, die weder Ammoniak noch Salpetersäure enthalten, können im Spätjahr verwendet werden, weil die Bildung von Salpetersäure in kalter Jahreszeit nicht oder nur in sehr geringer Menge stattfindet. Der Stallbünger enthält gewöhnlich nur unbedeutende Mengen dieser Säure.

Der Gehalt an Stickstoff in den verschiedenen Pflanzen und den verschiedenen Pflanzentheilen ist sehr verschieden, und deshalb stellen die Pflanzen auch in dieser Beziehung sehr verschiedene Anforderungen an den Boden.

Jene Pflanzen, die wenig Stickstoff enthalten, und jene, deren Blätter eine große Gesammtoberfläche darbieten, also aus der Luft viel Nahrung aufnehmen können, brauchen weniger Stickstoff im Boden zu finden, während andere Pflanzen, die viel Stickstoff enthalten oder wenig, oder verhältnißmäßig kleine Blätter haben, also aus der Luft wenig Ammoniak oder

Salpeterſäure aufnehmen können, um ſo mehr im Boden vorfinden müſſen.

In folgender Zuſammenſtellung findet man die Menge
Stickſtoff in Pfunden angegeben, die je in 100 Centnern der
nachgenannten Stoffe enthalten iſt.

Gehalt der Pflanzentheile an Stickſtoff.

100 Centner	enthalten Stickſtoff Pfund.	100 Centner	enthalten Stickſtoff Pfund.
Weizen-Samen	199	Zuckerrüben-Wurzeln	16
Getreide-Stroh	30	Zuckerrüben-Kraut, friſch	36
Gerſte-Samen	151	Reps-Samen	271
Hafer-Samen	169	Reps-Stroh	41
Roggen-Samen	166	Hanf, ganze Pflanze	100
Mais-Samen	132	Lein, ganze Pflanze	100
Mais-Stroh	20	Tabak-Blätter	300
Erbſen-Samen	336	Heu von Rothklee	198
Erbſen-Stroh	120	Heu von Weißklee	253
Ackerbohnen-Samen	359	Heu von Esparſette	198
Ackerbohnen-Stroh	158	Heu von Luzerne	198
Kartoffel-Knollen	36	Wieſenheu	157
Topinambur-Knollen	31		

Wenn wir nun fragen, in welcher Form der Landwirth
den Stickſtoff ſeinen Feldern zuführen ſoll, ſo müſſen wir zu-
nächſt an das denken, was man beim Betrieb der Landwirth-
ſchaft ſelbſt hat, nämlich an den Stallbünger.

Die Nahrung der Thiere muß eine gewiſſe Menge Stickſtoff enthalten, wenn die Thiere dadurch ernährt werden ſollen.
Je mehr und je beſſere Nahrung wir den Thieren reichen,
um ſo beſſer wird auch der Dünger. Aus der Nahrung können wir den Gehalt an Stickſtoff im Dünger berechnen; für
100 Pfund Stickſtoff, der von einem Thier in der Nahrung

genoſſen wird, können wir annehmen, daß etwa 75 Pfund in den Harn und in die feſten Auswurfſtoffe übergehen.

Um eine Kuh oder einen Ochſen von 1000 Pfund richtig zu ernähren, müſſen in der täglichen Nahrung 13—15 Loth Stickſtoff enthalten ſein; das macht im Jahr 148—171 Pfd.; hiervon gehen 25 Proc. ab, alſo bleiben etwa 111—128 Pfd.; davon kommen 53, bezw. 58 in die feſten, und umgefähr 61, bezw. 67 in die flüſſigen Answurfſtoffe.

Von einer Kuh oder einem Ochſen von 1000 Pfund ſollten wir demnach im Dünger ſo viel Stickſtoff erhalten, als etwa in 36 Centner Knochenmehl enthalten iſt. Leider geht nun aber bei der gewöhnlichen Behandlung des Düngers oft weit mehr als die Hälfte verloren, weil das Ammoniak, das ſich beim Verweſen des Düngers und der Jauche bildet, flüchtig iſt, daher zum Theil von der Luft mitgenommen wird. Andererſeits, weil nur zu oft die Jauche nicht ſorgfältig genug geſammelt wird.

Um einen an Stickſtoff möglichſt reichen Stallbünger zu erhalten, ſind nun folgende Grundſätze zu berückſichtigen:

1) Der Harn der Thiere iſt in den Jauchenbehältern ſorgfältig zu ſammeln.

2) Der Jauchenbehälter muß immer gedeckt ſein. Nach eigenen Verſuchen kann die Jauche, wenn ſie offen, beſonders in flachen Behältern, der Einwirkung der Winde ausgeſetzt iſt, in ſieben Tagen vier Fünftel ihres Ammoniaks verlieren.

3) In den Stallungen iſt täglich, und auf den Düngerhaufen jedesmal, wenn friſcher Dünger darauf kommt, etwas Gyps auszuſtreuen.

4) Der Dünger werde öfter mit einer Schichte Erde oder Torfklein (Torfabfall) überworfen. Letzteres iſt beſonders dann nöthig, wenn der Dünger anhaltend den Sonnenſtrahlen ausgeſetzt iſt.

5) Die Jauche werde öfter über den Dünger gegossen, damit das in ihr enthaltene Ammoniak durch den Gyps, der auf den Dünger gestreut wurde, gebunden werde und damit der Dünger nicht allzu sehr austrockne.

Wenn der Jauche auf die Ohm etwa 1 bis 1½ Pfund Schwefelsäure zugesetzt wird, so erhöht man ihre Wirksamkeit ganz bedeutend, weil dadurch das Ammoniak gebunden und besonders auch, weil dadurch solche Stoffe, die im Boden unlöslich waren, löslich gemacht werden.

Wenn wir diese Grundsätze befolgen, so erhalten wir einen an Ammoniak viel reichern Dünger, als wenn wir diese Grundsätze nicht befolgen. Außer im Stalldünger, kann der Landwirth den Feldern den Stickstoff noch in verschiedener anderer Form zuführen und ist in folgender Zusammenstellung der Gehalt an Stickstoff in verschiedenen Stoffen angegeben.

Es ist hierbei hervorzuheben, daß, mit nur sehr wenig Ausnahme, die thierischen Stoffe weit reicher sind an Stickstoff, als die pflanzlichen, daher ist auch Alles, was von Thieren herkommt, Fleisch, Blut, Haare, Horn, Haut u. s. w., als Dünger weit mehr geschätzt, als was von Pflanzen kommt, wie Holz, Blätter. Von den thierischen Stoffen enthält nur das Fett keinen Stickstoff, und ist daher als Dünger auch da ohne Werth, wo der niedere Preis seine Anwendung gestatten würde, wie bei Schmierlumpen u. s. w.

Gehalt einiger Stoffe an Stickstoff.

100 Pfund	enthalten Stickstoff Pfund.	100 Pfund	enthalten Stickstoff Pfund.
Wollenstaub	6—8	Oelkuchen	4—5
Wollene Lumpen, reine .	10—11	Chilisalpeter	15—16
Lederabfälle	5—6	Schwefelsaures Ammoniak	20—21
Malzkeime	3—4	Peru-Guano	12—14
Knochen	3—4		

Die billigste Stickstoffquelle ist gewöhnlich der Stalldünger, wenn die Thiere richtig gefüttert und wenn der Dünger richtig behandelt wird. Im andern Fall aber, wenn die Thiere unrichtige Futtermischungen oder zu geringe Menge Futter erhalten oder wenn der Dünger schlecht behandelt wird, so kann man sich in vielen Fällen gewiß den Dünger billiger kaufen, als man ihn durch das Halten von Thieren erhält.

Womit soll man düngen?

In vorhergehenden Zeilen haben wir als hauptsächlichste Bestandtheile des Düngers die Aschenbestandtheile, Phosphorsäure, Kali und Kalk und als wichtigste flüchtige Bestandtheile den Stickstoff und seine Verbindungen besprochen. Wir haben gesehen, in welchen Mengen diese Stoffe in den Pflanzen und Pflanzentheilen enthalten sind.

In folgender Tabelle ist nun zusammengestellt, wie viel die einzelnen Pflanzen oder Pflanzentheile von einem Morgen Feld bei durchschnittlichem Ertrag Aschenbestandtheile entnehmen und wie viel in dem Erträgniß eines Morgens Stickstoff enthalten ist.

Gehalt der durchschnittlichen Ernte eines badischen Morgens an Asche überhaupt, an Kali, Kalk, Phosphorsäure und an Stickstoff.

Bezeichnung der Stoffe.	Größe der Ernte.	Asche.	Kali.	Kalk.	Phosphorsäure.	Stickstoff
	Ctr.	Pfd.	Pfd.	Pfd.	Pfd.	Pfd.
Weizen-Samen	12	21	7	1	10	24
Weizen-Stroh	25	106	12	7	6	8
Gerste-Samen	16	35	8	1	11	24
Gerste-Stroh	13	58	12	4	3	5
Hafer-Samen	12	32	5	1	7	20
Hafer-Stroh	18	80	17	7	3	7
Roggen-Samen . . .	12	21	7	1	10	20
Winterroggen-Stroh .	28	113	21	9	5	9
Sommerroggen-Stroh .	28	133	31	12	9	10
Erbsen	12	29	12	1	11	41
Erbsen-Stroh	25	123	27	47	10	30
Ackerbohnen	18	54	22	3	21	65
Kartoffeln	90	86	50	2	16	36
Topinambur	150	154	101	6	24	48
Zuckerrüben	250	200	100	13	28	40
Mais-Samen	,15	19	5	½	8	20
Mais-Stroh	40	189	67	20	16	8
Reps-Samen	13	49	12	7	21	36
Reps-Stroh	18	68	18	18	5	8
Hanf, ganze Pflanze .	60	169	31	73	20	60
Lein, ganze Pflanze .	15	49	17	8	11	15
Tabak	12	237	65	88	9	36
Heu von Rothklee . .	45	255	88	87	25	85
Heu von Esparsette .	50	226	89	73	24	95
Heu von Luzerne . .	60	359	92	173	31	114
Wiesenheu	40	266	68	31	16	63

Wir sehen aus dieser Tabelle, daß alle Pflanzen dem Boden ziemlich viel Phosphorsäure und Kali, und einzelne viel Kalk entnehmen. Wenn wir nun bedenken, daß einerseits der Boden ganz im Allgemeinen arm ist an diesen Stoffen (außer an Kali) und daß anderseits jedes Jahr eine gewisse Menge derselben durch die Ernte von dem Boden entfernt wird, so muß es uns klar werden, daß eben nach und nach der Boden noch ärmer daran werden muß, und wenn wir den Feldern auch wieder Stalldünger zuführen, so erhalten sie eben doch jene Stoffe nicht wieder, die in dem Tabak, den Zuckerrüben, dem Getreide, der Milch, dem Vieh u. s. w. enthalten waren, die wir verkauft haben. Die Mengen Aschenbestandtheile, die in den pflanzlichen Stoffen enthalten sind, wurden in früheren Tabellen angegeben und will ich hier nur noch anführen, daß wir mit einem Ochsen von 12 Centner 23—24, mit der jährlichen Milch einer Kuh 5—7 Pfund Phosphorsäure verkaufen*). Wir müssen daher trachten, solche Stoffe wieder anzukaufen, durch welche jedenfalls zunächst das wieder ersetzt wird, was in geringer Menge im Boden enthalten ist, und was wir durch den Verkauf von pflanzlichen und thierischen Dingen von unserm Gute entfernen. Außerdem ist es aber in den meisten Fällen sehr vortheilhaft, mehr jener Stoffe zuzuführen, als die Ernte entnimmt', weil in dieser Weise die Felder immer fruchtbarer werden, und reichlich den etwaigen Mehraufwand an Dünger vergüten.

Die Zufuhr der nöthigen Aschenbestandtheile und des nöthigen Stickstoffs kann durch verschiedene Mittel geschehen, die wichtigsten derselben sollen hier näher besprochen werden. Selbstverständlich richtet sich häufig die Anwendung des Einen oder des Andern nach örtlichen Verhältnissen, weil an dem einen Ort der eine, an einem andern ein anderer Dünger billiger sein kann.

Zunächst folgt eine Tabelle, in welcher angegeben ist, wie viel Centner der darin angeführten Dünger angewandt

---

*) S. „Die Phosphorsäure von Dr. E. Heiden." Hamm, bei Grote.

werden müffen, um je einen Centner Phosphorfäure, Kalk oder Stickstoff zu erhalten.

Namen der Stoffe.	Nöthige Menge Dünger, um zu erhalten 1 Centner		
	Phosphorsäure.	Kali.	Stickstoff.
Stallbünger	550	200	250
Knochenmehl	4¹/₂	—	25
Peru-Guano	7³/₄	—	7³/₄
Oelkuchen	50	100	22¹/₂
Malzkeime	50	50	26¹/₂
Superphosphat	4¹/₂—5	—	—
Mannheimer Kali-Guano	14	6	28¹/₂
Kali-Superphosphat	10	10	—
Staßfurter Abraumfalz	—	8	—
Chlorkalium von Staßfurt . . .	—	2	—
Schwefelfaures Kali	—	2¹/₂	—

Um einen Centner Phosphorfäure auf das Feld zu bringen, müffen wir alfo z. B. entweder 4¹/₂ Centner Knochenmehl oder 4¹/₂—5 Centner Superphosphat, oder 550 Centner Stallbünger anwenden.

Bei der Befchreibung der einzelnen Dünger wollen wir mit jenen beginnen, die am reichften find an Phosphorfäure, wie wir diefe Säure auch bei den Pflanzen-Nahrungsmitteln zuerft befprochen haben.

S u p e r p h o s p h a t.

Die concentrirten Dünger, die mit diefem Namen bezeichnet werden, enthalten die Phosphorfäure in leicht löslicher Form, diefe Säure wird daher beffer im Boden verbreitet und ficherer von den Pflanzen aufgenommen. Man ftellt das Superphosphat dar, indem man phosphorfauren Kalk mit Schwefelfäure mifcht. Solcher phosphorfaurer Kalk ift enthalten in den Knochen, in den Coprolithen (verfteinerte Exkremente), in dem Bafer-Guano (Guano, den man auf den Bafer-Inseln findet), in dem Sombrero (Phosphorit von der Insel Sombrero). Je nachdem man nun zu dem Superphosphat den einen oder den andern dieser Körper verwendet, erhält man Knochenmehl-Coprolithen-Sombrero, oder Bafer-Guano-Superphosphat. Die Wirkung dieser verschiedenen Sorten ist der Hauptsache nach gleich, nur, daß eben der eine mehr Phosphorsäure enthält und daher auch theurer ist, als der andere. Ueberall da, wo man die concencrirten Dünger auf große Entfernung bezieht, wählt man besser jene, die mehr Phosphorsäure enthalten, weil man dann selbstverständlich weniger kommen zu lassen braucht und daher auch weniger Fracht zu bezahlen hat.

Da alle Pflanzen ziemlich viel Phosphorsäure bedürfen, so kann auch auf jenen Böden, die arm sind an dieser Säure, das Superphosphat zu allen Culturpflanzen angewandt werden, und zwar rechnet man je nach der Stärke 4—5 Centner als volle Düngung auf den Morgen. Wollte man dem Feld dieselbe Menge Phosphorsäure durch Stalldünger zuführen, so müßte man, wie aus obiger Tabelle ersichtlich ist, 5—600 Centner Stalldünger anwenden. Ueberall, wo man also dem Feld vorzugsweise diese Säure zuführen will, ist es weit zweckmäßiger, Superphosphat als Stalldünger zu verwenden. Sehr zweckmäßig wendet man aber für dasselbe Feld Superphosphat und Stalldünger an; z. B.: 2—3 Centner des ersten und eine halbe Düngung Stalldünger. Dem Superphosphat gibt man ganz im Allgemeinen den Vorzug vor anderen Verbindungen der Phosphorsäure, weil eben im Superphosphat diese Säure löslich ist und daher schneller und sicherer wirkt.

Besonders gut hat sich das Superphosphat bewährt bei Getreide, bei Reps und bei Kartoffeln; man erhält sowohl größere, als auch bessere Ernten, das Getreide wird schwerer und die Kartoffeln werden reicher an Stärkemehl. Sehr auf-

fallend ist die Wirkung des Superphosphates auf das Wachsthum des Klee's: streut man davon auf eine Wiese, wo kein
Klee zu bemerken ist, so erscheint doch in den meisten Fällen
sehr bald solcher, auch ohne daß man ihn ansäet. Offenbar
waren in solchen Fällen kleine Kleepflänzchen vorhanden, aber
die Bedingungen, die zur kräftigen Entwickelung derselben
nöthig waren, fehlten, d. h. es war nicht genügend Phosphorsäure vorhanden; sobald man solche zuführt, sei es durch
Superphosphat, durch Knochenmehl oder durch Asche, so
können die kleinen Pflänzchen sich zu größeren Pflanzen entwickeln, die jetzt bemerkbar werden.

Wie wir aus den Tabellen Seite 9 und 33 ersehen,
gehören Klee, Luzerne und Esparsette zu den Pflanzen, die am
meisten Phosphorsäure bedürfen. Luzerne nimmt 30¹/₂, rother
Klee 25 und Esparsette 23¹/₂ Pfund Phosphorsäure vom
Morgen.

Es drängt sich uns hier die Frage auf, wie es denn
kommt, daß Klee und ähnliche Pflanzen auf einem Boden
gedeihen können, wo Weizen nicht gedeiht und daß nach Klee
auf vielen Feldern Weizen und andere Pflanzen besser gedeihen, als vorher und man deshalb vom Klee sagte, er be-
reichere den Boden? Der Klee entnimmt dem Boden, wie
alle andern und mehr als viele andern Pflanzen, Phosphorsäure und Kali, er unterscheidet sich aber dadurch, daß seine
Wurzeln, wenn die Pflanzen stark genug sind, sehr tief in
den Boden gehen, um dort die nöthigen Aschenbestandtheile
zu holen. Der Klee kann insofern die obere Schicht des
Bodens verbessern, als hier die Wurzeln zurückbleiben, und
durch ihr Verwesen den Boden erwärmen, Kohlensäure und
Ammoniak liefern, und endlich vorhandene Steinchen zum Verwittern bringen. Selbstverständlich wird aber der Boden im
Ganzen, obere und untere Schichten, durch den Kleebau ärmer,
durch den Klee werden ja jährlich 255, durch Esparsette 226,
durch Luzerne 359 Pfund Aschenbestandtheile dem Boden ent-

nommen. Eine Düngung mit Phosphorsäure reichen Stoffen, wie Superphosphat, Knochenmehl u. s. w., hat besonders die günstige Wirkung auf den Klee, daß die kleinen Pflänzchen (wie wir's oben bei den Wiesen erwähnt haben) sich schneller und sicherer zu größern Pflanzen entwickeln können. Wann und wie man das Superphosphat anwendet, werden wir später besprechen.

Das Knochenmehl

enthält 22—24 pCt. Phosphorsäure, dabei aber noch $2^1/_2$—4 pCt. Stickstoff, der bei'm Verwesen des Knochenmehls in Ammoniak übergehen kann. Die Phosphorsäure ist hier nicht in löslicher Form vorhanden, wirkt deshalb weniger schnell und weniger sicher, als wenn sie durch Zusatz von Schwefelsäure löslich gemacht wird, d. h. das Knochenmehl oder andere Verbindungen von Phosphorsäure mit Kalk in Superphosphat übergeführt werden.

Dagegen wirkt doch die Phosphorsäure im Knochenmehl, wenn dieses fein genug ist, viel rascher, als in Steinen, in denen sie ebenfalls in unlöslicher Form vorhanden ist. Solche Steine sind schon in fein zertheiltem Zustande in jedem Boden enthalten und kommen an einzelnen Orten in großer Menge vor; so sind die Coprolithen, die man besonders in England findet, und der Phosphorit, der auf der Insel Sombrero und an andern Orten vorkommt, endlich der Baker-Guano, der sich schon pulverförmig vorfindet, steinige Gebilde, die die Phosphorsäure wie das Knochenmehl in unlöslicher Form enthalten, die aber doch, auch in feinst zertheiltem Zustande, weit weniger wirken, als das Knochenmehl. Einmal enthält das Knochenmehl noch Stickstoff, der an und für sich schon günstig wirken kann; dann aber ist der phosphorsaure Kalk im Knochenmehl außerordentlich fein vertheilt und die einzelnen Theilchen desselben sind von Leim umgeben. Verwest der Leim, so können diese Theilchen auseinanderfallen, sie können aber auch durch die beim Verwesen des Leims entstehenden

Stoffe (Kohlensäure und Ammoniak) in Lösung übergehen. Daher gelangt beim Düngen mit Knochenmehl die Phosphorsäure viel schneller zur Wirkung, als beim Düngen mit gemahlenem Baker-Guano, Coprolithen oder Sombrero, aber doch langsamer, als wenn diese Stoffe vorher mit Schwefelsäure aufgeschlossen, also in Superphosphat übergeführt wurden, weil in letzterem Fall die Phosphorsäure schon in löslicher Form auf das Feld gelangt.

Man unterscheidet rohes und gedämpftes Knochenmehl. Letzteres ist feiner gemahlen und wirkt deshalb rascher. Das rohe Knochenmehl war früher sehr grob; in neuerer Zeit sind die bessern Fabriken doch dazu gelangt, auch das rohe Knochenmehl ziemlich fein zu mahlen. Grob gestampfte Knochen sind nicht zu empfehlen, weil:

1) die gröberen Theile sehr langsam verwesen, um so mehr, als sie von den härteren Theilen, wie Röhrenknochen, Zähnen u. s. w., herrühren,

2) es sich nicht genügend im Boden vertheilt. An den einen Punkten sind grobe Stückchen, an andern Punkten ist nichts, während so viel als möglich die Wurzeln überall vom Dünger vorfinden sollen.

Das Knochenmehl wurde mit Vortheil angewandt bei Reps, Lein, Getreide, auf Wiesen u. s. w.

Ein sehr gutes Verfahren, das Knochenmehl schneller wirkend zu machen, besteht darin, dasselbe etwa mit gleichen Theilen Erde zu mischen, mit Jauche zu übergießen und den Haufen dann wenigstens 1 Fuß hoch mit Erde oder wo möglich mit Torfklein zu decken und einige Monate liegen zu lassen. Das Knochenmehl beginnt jetzt zu verfaulen und wirkt dann schneller. Das sich bei'm Faulen bildende Ammoniak wird von der Erde und vom Torfe gebunden.

Kalisalze.

Wie schon früher angeführt wurde, findet sich in dem Salzbergwerk zu Staßfurt über dem Kochsalz (Chlornatrium) ein bedeutendes Lager, das Kali-, Natron-, Magnesia- und Kalksalze enthält; dieses rohe Salz, wie es sich vorfindet, heißt man Staßfurter Abraumsalz; es hat sich in vielen Fällen als Düngmittel nicht bewährt, dagegen werden verschiedene Salze daraus dargestellt, die zum Theil als Dünger da sehr zu empfehlen sind, wo aus früher angeführten Gründen man dem Boden Kali zuführen will.

Folgende Salze werden aus dem Abraumsalz erhalten:

1) Kali-Salz oder auch rohes schwefelsaures Kali, es enthält 18—20 pCt. reines schwefelsaures Kali, ebensoviel schwefelsaure Bittererde und etliche 50 pCt. Kochsalz.
2) Chlorkalium enthält 75—80 pCt. reines Chlorkalium, entsprechend 47—50 pCt. Kali.
3) Schwefelsaures Kali, enthaltend 75—80 pCt. reines Salz oder 40—43 Kali.

Von diesen Salzen scheint das möglichst reine schwefelsaure Kali die beste Wirkung zu haben.

Die im Handel vorkommenden Kalidünger, die außer Kali noch Phosphorsäure und Stickstoff enthalten, sind meist Mischungen der genannten Salze mit Superphosphat und Peru-Guano, oder sonstigen stickstoffhaltigen Stoffen. Selbstverständlich werden auch diese Mischungen unter sonst gleichen Verhältnissen um so besser sein, wenn nur möglichst reines schwefelsaures Kali dazu verwendet wurde. Dies ist der Fall bei dem

Mannheimer Kali-Guano.

Er enthält 16 pCt. Kali (als 30 pCt. schwefelsaures Kali), 3½ pCt. Stickstoff und 5,8 pCt. lösliche Phosphorsäure. Es ist also eine Zusammensetzung derjenigen Stoffe, die wir überhaupt als Pflanzen=Nahrungsmittel den Feldern zuführen wollen.

In besonders großer Menge ist das Kali darin enthalten. Dieser Dünger ist daher ganz besonders für jene Cultur= pflanzen dargestellt, die viel Kali aus dem Boden entnehmen und auch in Beziehung auf Phosphorsäure und Stickstoff ziemlich große Anforderungen an die Felder stellen. Der Mannheimer Kali=Guano kann auch bei jenen Cultur=Pflanzen mit Vortheil angewandt werden, wo andere Staßfurter Salze (als schwefel= saures Kali) wegen ihrem Gehalt an Chlor ungünstig wirken. Es ist dies beim Tabak und bei den Zuckerrüben der Fall.

Außer zu diesen beiden letzteren, dem Tabak und den Zuckerrüben, ist der Mannheimer Kali=Guano noch zu em= pfehlen zu allen Rübengewächsen, zu Mais, zu Hopfen, zu Hanf, zu Lein, zu Kraut und Kohlarten, zu Spargeln, ganz besonders aber auch zu den Reben. Es ist gewiß, daß durch genügenden Gehalt an Kali im Boden der Wein besser wird und größere Mengen des letzteren erhalten werden.

Man wendet auf den Morgen 3—6 Centner an. (S. S. 54, 55 und 56.)

Kali=Superphosphat.

Ist eine Mischung von Superphosphat und Chlorkalium, und enthält 10 pCt. Kali und 9 pCt. lösliche Phosphorsäure.

Es ist zu den Pflanzen zu empfehlen, welchen das Chlor nicht schädlich ist und die wenig Stickstoff im Boden verlangen, oder derselbe durch Stallbünger zugeführt wird: Runkel=, Futter= und Gelberübe, Klee, Kraut, Kohl, Spargeln u. s. w.

Man wendet 3—4 Centner auf den bad. Morgen an.

Asche.

Sowohl die Holz=, als die Torf= und die Steinkohlen= asche enthalten Phosphorsäure und Kali; am reichsten an beiden ist die Holzasche. Die Torfasche ist sehr verschieden, je nach=

dem der Torf, aus dem sie gewonnen wurde, viel oder wenig
Asche gibt. Es läßt sich leicht herausfinden, ob die Asche von
einem bestimmten Torf zum Düngen viel oder wenig Werth
hat. Verbrennt man z. B. einen Centner Torf in einer vorher gereinigten Feuerung und wägt nachher die Asche, so findet
man, ob der Torf eine große oder kleine Menge erdige Bestandtheile enthielt. Beim besten Torf erhält man vom Centner
nur annähernd 1, beim weniger guten 3—4, ja beim schlechten
bis zu 12 und 13 Pfund Asche. Je weniger Asche man vom
Torf erhält, um so besser ist unter sonst gleichem Verhältniß
der Torf zum Brennen, und um so besser ist aber auch ganz
im Allgemeinen die Asche zum Düngen.

Bei der Steinkohlenasche ist zu bemerken, daß sie ab-
gesiebt werden muß und daß nur der feinere Theil angewandt werden darf; der gröbere Theil besteht aus unver-
brannten Kohlen und aus Schlacken; erstere verwittern nicht,
letztere sehr schwer, so daß eben durch diese Kohlen und durch
die Schlacken oft mehr Schaden, als durch die Steinkohlenasche Nutzen gebracht wird. Die Steinkohlenasche von großen
Feuerungen hat wenig Werth, weil die werthvollen Bestandtheile entweder zu Schlacken zusammengesindert oder durch den
starken Zug fortgerissen worden sind. Dies ist ganz im Allgemeinen bei der Steinkohlenasche der Fabriken der Fall. Solche
schlechte Steinkohlenasche, die keine feinen staubförmigen Theile
enthält, wendet man besser gar nicht an. Aber auch von der
guten abgesiebten Steinkohlenasche darf man nicht zu viel verwenden; mehr als 20—30 Centner möchte ich auf den Morgen
Wiesen nicht empfehlen.

Die verschiedenen Aschensorten wendet man besonders zur
Düngung von Wiesen, auch solcher, wo saure Gräser oder
Moos wachsen, an. In letzterem Falle ist es zu empfehlen,
10 Theile Asche mit 20—30 Theilen Erde und einem Theil
zerfallenen gebrannten Kalk zu mischen. Ein sehr wirksamer
Dünger wird ebenfalls erhalten, wenn man statt Erde Torf-

klein mit Steinkohlen oder Torfasche oder am besten mit Holz-
asche und mit gebranntem und an der Luft zerfallenem Kalk
mischt, mehrere Monate liegen läßt und dann auf Aecker oder
Wiesen ausstreut. Gute Torfasche, so wie die ebengenannten
Mischungen, wirken auch auf Aecker zu den verschiedenen
Feldfrüchten sehr günstig.

Die Holzasche ist weit wirksamer als die übrigen Aschen-
arten; sie enthält, wie schon oben angeführt wurde, am meisten
Kali und Phosphorsäure. Am wichtigsten in der Holzasche ist
der Gehalt an Kali, einmal, weil sie ganz im Allgemeinen
mehr von diesem enthält, und dann, weil die Phosphorsäure
immer in unlöslichem Zustand darin enthalten ist; also weniger
leicht zur Wirkung gelangt. Die Holzasche ist, außer für
Wiesen, besonders zu empfehlen: zu Tabak, zu Klee, zu Rübengewächsen und zu Mais. Am besten ist die Buchenasche, dann
folgen die verschiedenen Sorten Holzasche in folgender Weise:

Asche von Weißtanne,

" " Kiefer,

" " Eiche,

" " Fichte.

Peru-Guano.

Enthält Stickstoff und Phosphorsäure, und zwar gewöhnlich
von jedem 12—14 pCt. Seine Anwendung ist da zu empfehlen, wo man nicht genügend Stalldünger hat und dieser zum
Ankauf zu theuer ist, um jene Pflanzen richtig zu düngen,
die im Boden viel Stickstoff verlangen, z. B. Hanf, Tabak
und Grünmais. 1 Centner Peru-Guano enthält so viel Stickstoff, als etwa 30—36 Centner, und so viel Phosphorsäure,
als etwa 60 Centner Stalldünger.

Oelkuchen, Malzkeime und Biertreber.

Diese Stoffe, die früher häufig mit Vortheil als Dünger
verwendet wurden, sind jetzt zu diesem Zweck im Allgemeinen

zu theuer; dagegen wird durch sie der Stalldünger mittelbar werthvoller gemacht, indem sie verfüttert werden. Ihre Bestandtheile, Phosphorsäure, Kali, Stickstoff, gehen zum weitaus größten Theil in den Dünger über.

Der Stalldünger.

Ueber die Anwendung des Stalldüngers wurde schon früher gesprochen und führen wir hier nur noch an, daß der Stalldünger durch künstliche oder concentrirte Dünger nicht verdrängt werden soll, sondern, daß diese letztern besonders bestimmt sind, jene Aschenbestandtheile dem Feld zuzuführen, die im Boden sowohl, als auch im Stalldünger in verhältnißmäßig geringer Menge enthalten sind und die doch jährlich durch Verkauf von Tabak, Getreide, Kartoffeln, Zuckerrüben, Vieh, Milch u. s. w. vom Feld entfernt werden. Immer ist es sehr zu empfehlen, den Feldern sowohl Stalldünger als concentrirte Dünger zuzuführen. Ein Mischen derselben ist aber nicht zu empfehlen, sondern man wendet jedes für sich an. (S. S. 45.)

Die Jauche.

Der Harn der pflanzenfressenden Thiere enthält als düngende Stoffe besonders Kali, Natron und Harnstoff, aber keine oder sehr wenig Phosphorsäure. Durch Berührung mit den festen Auswurfstoffen werden aber aus diesen letzteren phosphorsaure Salze aufgelöst, so daß in der Jauche immer davon enthalten sind. Man hat also auch in dieser Beziehung alle Ursache, die Jauche nicht verloren gehen zu lassen. Außerdem haben aber das Kali, das Natron und der Harnstoff als Dünger einen großen Werth. Ammoniak ist im frischen Harn keines enthalten, sondern es entsteht erst bei der Gährung aus dem Harnstoff, einem festen löslichen Körper, der in jedem Harn vorkommt. Für den Landwirth ist es nun nicht gleichgültig, ob die Jauche vergohren oder unvergohren auf das

Feld kommt. In ersterem Fall nämlich, wenn sich das Ammoniak schon gebildet hat, wird dieses vom Boden zurückgehalten (absorbirt), während der Harnstoff vom Boden nicht absorbirt wird, also durch Regen oder Schneewasser leicht weggewaschen werden kann. Aus diesem Grunde ist es besser, die Jauche vergähren zu lassen. Im Sommer ist die Gährung in einigen Tagen beendet, im Winter geht es aber mehrere Wochen.

Die Jauche enthält Kali und Natron besonders als Chlorverbindungen, deshalb sollen Felder, die zu Tabak, Zuckerrüben oder Kartoffeln bestimmt sind, nicht oder wenig mit Jauche gedüngt werden.

Torf.

Um die pflanzlichen Ueberreste im Boden zu vermehren, ist der Torf sehr geeignet. Es wurde oben schon angeführt, daß durch Mischen von Asche mit Kalk und Torf ein guter Dünger erhalten wird. Einen sehr guten Dünger erhält man auch, wenn man Torfklein auf Haufen setzt und öfter mit Jauche oder Kloakendünger übergießt; das Ammoniak des Düngers wird gebunden und der Torf in einen guten Dünger umgewandelt. Um solchen Torf zu erhalten, sticht man ihn dünn spatenweise, oder pflügt ihn auf und läßt ihn trocknen.

Wann und wie soll man düngen?

Bei jedem Dünger ist es Aufgabe, ihn zu der Zeit und an die Stelle in den Boden zu bringen, wo er am sichersten von den Pflanzen aufgenommen wird. Bei den künstlichen oder concentrirten Düngern erhält man im Allgemeinen außer bei den Düngern, die viel Kali oder Natronsalze oder Chlormagnesium oder Chlorkalium enthalten, den größten Erfolg, wenn man, wie dies in England gewöhnlich geschicht, in Reihen säet und gleichzeitig mit dem Samen durch die Maschine selbst den Dünger unterbringt. In dieser Weise gelangt der Dünger in die Nähe des Samens, wird nach und nach von dem vorhandenen Wasser, Kohlensäure u. s. w. aufgelöst, und verbreitet sich so nach allen Richtungen hin. Da vom Samen aus ebenfalls die Wurzeln sich verbreiten, so hat man die größte Wahrscheinlichkeit für sich, daß die Wurzeln den Dünger aufnehmen können. Bei der breitwürfigen Aussaat streut man den concentrirten Dünger, nachdem er vorher mit seiner 2—4fachen Menge Erde gemischt worden ist, auf das gepflügte Feld vor dem Aussäen der Saat, und eggt oder pflügt Dünger und Samen mit einander unter. Auch hier hat man größere Wahrscheinlichkeit für sich, daß Samen und Dünger in die gleiche Schichte Erde gelangen, als wenn man den Dünger vor dem Säen unterpflügt. Bei Reihensaat ohne Vorrichtung zum gleichzeitigen Unterbringen des Düngers mit dem Samen, pflügt man den concentrirten Dünger leicht unter, bevor man einsäet. Auch hier muß der Dünger vor dem Ausstreuen mit Erde gemischt werden.

Bei den Kalisalzen erhielt man meist eine bessere Wirkung, wenn dieselben vor dem Einsäen untergepflügt wurden.

Es ist ganz im Allgemeinen fehlerhaft, wenn man concentrirte Dünger zu nahe an die Oberfläche bringt. Man hat oft die Ansicht, daß es zweckmäßiger sei, solche Dünger nur obenauf zu streuen, weil, so sagt man, die wirksamen Stoffe durch das Regenwasser immer doch nach unten gebracht werden. Es ist dies jedoch unrichtig. Wenn das Wasser von der Oberfläche des Bodens verdunstet, so steigt in ähnlicher Weise Wasser von unten nach, wie in der Lampe das Oel im Docht in dem Maße nachsteigt, als es oben verbrennt. Da nun im Sommer mit seltenen Ausnahmen mehr Wasser von der Oberfläche verdunstet, als solches durch Regen darauf fällt *), so liegt der Schluß nahe, daß im Sommer mehr Wasser von unten nach oben steigt, als von oben nach unten sickert. Mit dem Wasser gehen in dieser Weise auch mehr lösliche Stoffe aufwärts als abwärts.

Die Gefahr, daß lösliche Mineralstoffe im ersten Sommer nicht in den Bereich der Wurzeln gelangen, ist daher größer, wenn sie zu weit an die Oberfläche, als wenn sie zu tief untergebracht werden, um so mehr, als ja die Wurzeln abwärts wachsen und unten immer zu den betreffenden Stoffen gelangen können. Durch die angegebenen Verhältnisse dürfte es sich auch erklären, warum man gerade bei den löslichen Kalisalzen meist bessere Wirkung erzielte, wenn man sie unterpflügte, als wenn man sie untereggte, oder in Stufen düngte. Durch die große Löslichkeit bewegen sie sich, so weit es die Absorptions-

---

*) In Karlsruhe sind im Durchschnitt seit 1779 in den Monaten Mai bis October monatlich 13, in den übrigen Monaten monatlich 16 Regen- und Schnee-Tage (s. Residenzstadt Karlsruhe, ihre Geschichte und Beschreibung, 1858, Müller'sche Hofbuchhandlung). Im Sommer ist die Verdunstung außerdem viel stärker als im Winter, daher steigt auch das Wasser, das während dem Winter und Frühjahr in den unteren Schichten sich ansammelt, zum Theil an die Oberfläche, um hier zu verdunsten. Mit all diesem Wasser, das von unten nach oben steigt, steigen auch lösliche Mineralstoffe in die Höhe.

fähigkeit des Bodens gestattet, während dem ganzen Sommer mehr aufwärts als abwärts. Den Dünger, künstlichen wie natürlichen, zu tief unterzubringen, ist aber ebenfalls unzweckmäßig, weil er dann leicht nicht von den kleinen Wurzeln der jungen Pflanze erreicht wird und eine wesentliche Aufgabe des Düngers ist meist die, der jungen Pflanze möglichst bald die nöthige Nahrung zu bieten, damit diese möglichst bald kräftig werde und eintretenden ungünstigen Einwirkungen widerstehen könne.

Auch in dieser Beziehung wirken sehr leicht lösliche Salze, wie Kali-, Natron-, Magnesia-Salze anders, als andere Dünger. Diese Salze bilden leicht mit wenig Wasser so concentrirte Lösungen, daß sie für die jungen Pflanzenwurzeln schädlich werden, wenn sie mit ihr in Berührung kommen. Bei einigen Versuchen in hiesigem Garten mit Rüben ging bei Düngung mit Chlorkalium, schwefelsaurem Kali, Abraumsalz und mit Carnalith, wobei je zu 1 Morgen 150 Pfund eines dieser Salze, mit Erde gemischt, vor dem Aussäen ausgestreut und mit dem Samen untergeeggt wurde, der Samen 2—4 Tage später auf und die jungen Pflanzen waren schwächer, als bei ungedüngten Versuchsfeldern darneben. Später dagegen wuchsen die mit jenen Salzen gedüngten Rüben stärker und wurden viel größer, als die anderen Rüben. Das Gewicht konnte nicht bestimmt werden, weil durch die große Trockene auf dem gedüngten und ungedüngten Feld auf größeren Stellen die Saat nicht aufging.

Immerhin spricht dieser Versuch dafür, daß diese Salze auf junge Pflänzchen ungünstig, auf ältere günstig wirken können. Diese Salze vor dem Säen unterzupflügen, wird also auch aus diesem Grunde dem Untereggen mit dem Samen vorzuziehen sein.

Bei Knochenmehl, Oelkuchen, Stalldünger und überhaupt bei allen Dungstoffen, die, um zur Wirkung zu gelangen, erst verwesen müssen, tritt noch bei zu tiefem Unterbringen die

Gefahr auf, daß sie von der Luft abgeschlossen und dadurch am Verwesen gehindert werden; sie gelangen dann selbstverständlich nicht oder nur zum Theil zur Wirkung.

Das Mischen der künstlichen oder concentrirten Dünger mit einander oder mit andern Stoffen, außer mit Erde, ist für solche Personen, die nicht genügend chemische Kenntnisse besitzen, immer gewagt, denn manche Stoffe vertragen sich nicht mit einander, ohne sich zu zersetzen und sich gegenseitig in ihrer Wirkung zu schaden.

So sollen z. B. Superphosphat, Mannheimer Kali-Guano, Kali-Superphosphat weder mit Kalk, noch mit Asche, noch endlich mit Stalldünger gemischt werden, weil die in jenen concentrirten Düngern enthaltene lösliche Phosphorsäure unlöslich wird und sich dann weniger gut im Boden vertheilt.

Soll neben diesem künstlichen Dünger noch Stalldünger auf dasselbe Feld angewandt werden, was sehr zu empfehlen ist, so pflügt man erst den Stalldünger unter und bringt den concentrirten Dünger durch die Maschine mit der Reihensaat unter oder man streut den künstlichen Dünger aus, bevor man breitwürfig säet; immer ist es, wie gesagt, besser, den Stalldünger für sich und den künstlichen Dünger auch für sich unterzubringen. Kalisalze (Chlorkalium und schwefelsaures Kali) dagegen können sehr gut mit Knochenmehl, mit Superphosphat, Peru-Guano, so wie mit Asche oder mit Stalldünger gemischt werden.

Der Peru-Guano darf weder mit Kalk, noch mit Asche gemischt werden, weil sich sonst Ammoniak verflüchtigt.

Das Knochenmehl kann sehr gut mit dem Stalldünger gemischt, beziehungsweise zwischen diesen gestreut werden, man hat aber dann um so mehr Ursache, den Dünger auch mit Gyps oder mit Torf, oder mit beiden zu überstreuen, weil sich aus dem Knochenmehl Ammoniak bildet, das durch jene Stoffe gebunden werden muß.

Die Frage, die manchmal aufgeworfen wird: „Sollen nicht einzelne oder vielleicht alle künstlichen Dünger auch für die Frühjahrbestellung schon im Spätjahr untergepflügt werden?" findet in Obigem schon ihre Erledigung, wenn man beachtet, sie möglichst in die Nähe des Samens oder der zu setzenden Pflanzen zu bringen, so kann dies nur zur Zeit des Säens oder des Setzens geschehen.

Für die Anwendung des Mannheimer Kali-Guano's, des schwefelsauren Kali, so wie der Asche, wollen wir aber noch Folgendes bemerken: Die Dünger, die lösliches Kali enthalten, wie die genannten, sollen im Allgemeinen nicht im Spätjahr angewandt werden, weil durch Regen- oder Schneewasser ein Theil davon entfernt werden kann. Das Kali wird zwar vom Boden festgehalten (absorbirt), allein große Mengen Wasser nehmen, wie es scheint, doch nicht unbedeutende Mengen Kali mit, wenigstens waren die meisten Versuche, wo für Wiesen und Aecker Kalidünger im Spätjahr angewandt wurde, weniger günstig, als da, wo man ihn im Frühjahr anwandte, außerdem ist eine alte Erfahrung, daß Asche, im Spätjahr ausgestreut, weniger wirksam ist, als wenn sie im Frühjahr angewandt wird, daher die vielverbreitete Ansicht, die Asche erfriere im Winter, was selbstverständlich nicht der Fall sein kann. Mit Wiesendünger, Kali-Guano, Asche oder ähnlichen Düngern dünge man daher sowohl Wiesen als Aecker erst Ende Februar oder Anfang März.

Knochenmehl, das man, wie Seite 35 angeführt wurde, anfaulen hat lassen, kann man auch noch später auf Wiesen ausstreuen.

Bei der Düngung der Reben ist es anders. Der Weinbergdünger wird mit einer 4—5fachen Menge Erde gemischt und um ihn möglichst nahe an die Wurzeln zu bringen, in Gruben gestreut, wie sie auch gewöhnlich für den Stalldünger gemacht werden. Hier ist keine Gefahr vorhanden, daß das

Kali zu weit mit fortgenommen werde, weil der Dünger schon ziemlich tief in den Boden kommt und weil erst durch das Regenwasser das Kali in den Bereich der tiefer liegenden Wurzeln gelangt. Man kann deshalb die Reben auch mit Kali-Guano sehr gut im Spätjahr düngen.

Chlorkalium, Chlornatrium oder sonstige Chlor reiche Dünger, wie Kalisalz (rohes schwefelsaures Kali), Abraumsalz u. s. w., werden zweckmäßiger Weise schon im Spätjahr untergepflügt, damit während dem Winter die Chlorverbindungen sich umsetzen und Verbindungen daraus entstehen, die für die Pflanzen günstiger, beziehungsweise weniger schädlich wirken können.

Ueber die Frage, ob der Stalldünger gleich untergepflügt oder obenauf gedüngt werden soll, wurde schon viel gesprochen. Beides hat unter Umständen seine Vortheile, wie seine Nachtheile, und ist es nur gut, sich über die jeweiligen Ursachen so viel als möglich Rechenschaft zu geben.

Bleibt der Stalldünger an der Oberfläche liegen, so verflüchtigt sich selbst im Winter bei trockenem windigem Wetter eine nicht unbedeutende Menge Ammoniak, ganz besonders, wenn der Dünger nicht mit Gyps oder mit Torf überstreut wurde. Aus diesem Grunde ist es besser, den Dünger leicht unterzupflügen, sobald es nur möglich ist.

Unter Umständen aber kann Dünger, der auf das angesäete Feld gestreut wird, dadurch sehr günstig wirken, daß er den Boden und das junge Pflänzchen vor dem Austrocknen schützt und dem jungen Pflänzchen gleich Nahrung bietet. Es ist daher für Hanf, Lein, Mohn und Getreide in vielen Fällen eine schwache Kopfdüngung zu empfehlen.

Zu ähnlichen Zwecken verwendet man mit Vortheil Malzkeime, um nämlich den Samen und das junge Pflänzchen zu schützen und letzterem möglichst bald Nahrung zu bieten. Besonders zu ausgesäetem Tabak, Runkelrüben, Kraut, Kohl und anderen Pflanzen, die zum Versetzen bestimmt sind.

Stallbünger, der zu Kopfbüngung bestimmt ist, muß um so sorgfältiger mit Gyps bestreut werden, damit das Ammoniak sich weniger verflüchtige.

Die schlechteste Art, den Stallbünger auf das Feld zu bringen, besteht darin, denselben auf dem Feld zuerst an kleine Häufchen zu setzen und ihn so längere Zeit sitzen zu lassen. Diese Häufchen werden durch Regen ausgewaschen, die wirkenden Bestandtheile kommen dann fast nur den Stellen zu gut, auf welchen die Häufchen sich befinden, diese werden aber leicht übersättigt, so daß der Boden hier die Pflanzen-Nahrungsmittel, Kali, Phosphorsäure und Ammoniak nicht mehr zurückhält (absorbirt), weshalb von diesen in den Untergrund gelangen und vielleicht vom Horizontalwasser mitgenommen werden. Ferner entstehen in dieser Weise sogenannte Geilstellen. Bei trockener, besonders warmer Witterung, fängt der Dünger auf den Häufchen wieder an zu gähren und erwärmt sich; bei diesen kleinen Mengen ist jetzt das Verflüchtigen um so bedeutender und wird besonders groß, wenn die jetzt wieder gährenden Häufchen ausgebreitet werden. Aus diesem Grunde muß der Dünger baldmöglichst ausgebreitet und untergepflügt werden.

Der Compost wird bekanntlich dadurch erhalten, daß man die verschiedensten Dinge, die düngende Eigenschaft haben, mit Erde schichtenweise oder gemischt auf einen Haufen setzt und ihn wo möglich öfter mit Jauche übergießt. Das Verfahren ist allgemein bekannt und sehr zweckmäßig. Die Wirkung des Compostes und die Art seiner Anwendung ist selbstverständlich sehr verschieden, je nach den Stoffen, die zu seiner Darstellung verwendet wurden. Als sehr guter Compost-Dünger wurde früher eine Mischung von Holz-, Torf- oder Steinkohlenasche mit Kalk, Torf und Erde empfohlen. Man kann dieser Mischung sehr wohl Knochenmehl zusetzen.

Beim Stallbünger ist es im Allgemeinen viel besser, wenn man ihn im Spätjahr oder Winter hinausführen und unterpflügen kann; nicht so beim Compost. Werden zum Compost stickstoffhaltige Stoffe, Stalldünger, Jauche, Knochen, Woll = Lumpen, Fleisch, Leder und Blut angewandt, so gehen diese zum Theil in Salpetersäure über, besonders, wenn man Asche oder Kalk zusetzte. Die Salpetersäure nun wird vom Boden nicht zurückgehalten (absorbirt), wie dies beim Ammoniak des Stalldüngers der Fall ist, daher darf der Compost ganz im Allgemeinen nicht im Spätjahr, sondern muß erst im Februar oder März auf die Wiesen und Aecker gebracht werden, weil sonst durch größere Mengen Regen= oder Schneewasser ein mehr oder weniger großer Theil der gebildeten Salpeter= säure, die zu den werthvollsten Pflanzen = Nahrungsmitteln gehört, fortgeführt werden kann.

Wie werden die künstlichen oder concentrirten Dünger zu den einzelnen Culturpflanzen verwendet?

Selbstverständlich können hier nur allgemeine Gesichts= punkte aufgestellt werden, indem man die Beschaffenheit der Mehrzahl der Felder im Auge behält. Bei den wenigen Böden, die reich sind an Phosphorsäure und Kali, wie z. B. solcher Boden des Kaiserstuhls, der durch Verwittern der bessern Sorten Dolerit entstanden ist, bedarf weniger der Zufuhr von Kali und Phosphorsäure, als von Stalldünger. Letzterer be= fördert die Verwitterung der vorhandenen Steine und macht dadurch die für die Pflanzen nöthigen Nährstoffe löslich. Diese Böden sind aber selten und dicht darneben sind oft wieder Böden, die eine Zufuhr von Kali und Phosphorsäure sehr bedürfen, so am Kaiserstuhl der Löß.

Weizen, Roggen, Gerste, Hafer, Reps.

Sollen diese Samen mit concentrirten Düngern allein gedüngt werden, so verwendet man 4—5 Centner Superphosphat oder eben so viel Knochenmehl. Ersteres wird mit etwa zwei- bis dreimal so viel Erde gemischt, bei breitwürfiger Saat unmittelbar vor dem Säen ausgestreut und mit dem Samen untergebracht. Bei Reihensaat bringt man entweder den Dünger durch die Maschine mit dem Samen unter, oder man streut den mit Erde gemischten Dünger auf das gepflügte Feld und pflügt leicht unter, um dann mit der Maschine zu säen.

Das Knochenmehl wird, wie S. 35 angegeben, behandelt und auf dem Feld vertheilt wie das Superphosphat.

Soll mit dem concentrirten Dünger auch Stalldünger angewendet werden, so wird dieser zuerst untergepflügt und Superphosphat oder Knochenmehl, wie oben angeführt wurde, verwendet.

Bei kali-armem Boden, wo das Stroh sich schlecht entwickelt und Rübengewächse nicht gedeihen, wendet man außer dem Superphosphat noch einen halben Centner Chlorkalium auf den Morgen an.

Kartoffeln.

Zu Kartoffeln werden auf den Morgen 4 Centner Superphosphat verwendet. Wenn man Ursache hat anzunehmen, daß nicht viel Kali im Boden enthalten ist, wenn nämlich solche Pflanzen, die viel Kali bedürfen, wie Grünmais, Zuckerrüben, Runkelrüben u. s. w., nicht gut gedeihen, so nimmt man 3—4 Ctr. Superphosphat und 1 Ctr. schwefelsaures Kali. Den mit Erde gemischten Dünger bringt man am besten in die Nähe der Kartoffeln, also bei Stufen in diese. Werden die Kartoffeln nach dem Pflug gesteckt, wirft eine Person die betreffende Menge Dünger und eine andere steckt die Kartoffeln.

Wem dieses Verfahren zu viel Arbeit macht, der streue den mit Erde gemischten Dünger auf das Feld, bevor der Pflug darauf läuft, hinter welchem die Kartoffeln gesteckt werden. Stickstoffreiche Dünger, wie Knochenmehl, Stalldünger, Peru-Guano, eignen sich für Kartoffeln im Allgemeinen nicht.

Zuckerrüben und Runkelrüben.

Zu Zuckerrüben verwendet man 3—5 Centner Mannheimer Kali-Guano auf den Morgen. Man pflügt diesen entweder leicht unter, oder man bringt den mit viel Erde gemischten Dünger in Stufen, deckt wieder mit Erde und legt die Samen oder setzt den Setzling der Runkelrübe, wenn solche verwendet werden, darauf.

Topinambur.

Zu diesen verwendet man 4 Centner Kali-Superphosphat. Werden sie frisch gesetzt, so bringt man in Stufen; auf einem alten Feld von Topinambur pflügt man den Dünger unter.

Hanf.

Zu Hanf verwendet man 4—5 Centner Peru-Guano und 1 Centner Mannheimer Kali-Guano auf den Morgen. Man mischt zuerst den Peru-Guano mit seiner 2—3-fachen Menge Erde, mischt dann den Kali-Guano hinzu und streut die Mischung auf das gut gepflügte Feld vor dem Aussäen des Samens. Wendet man auf dasselbe Feld Jauche oder Stalldünger an, so werden diese entweder vorher untergepflügt, oder der Stalldünger kann als Kopfdünger nach dem Unterbringen des Samens obenauf ausgebreitet werden. Ist die Menge Stalldünger oder Jauche bedeutend, so kann man den Kali-Guano weglassen und vom Peru-Guano verhältnißmäßig weniger nehmen.

Lein.

Wie bei Hanf; vom Peru-Guano braucht man aber nur 3—4 und vom Kali-Guano nur $\frac{1}{2}$—$\frac{3}{4}$ Ctr. anzuwenden.

Tabak.

Zu Tabak nimmt man 1 Centner Peru-Guano und 4 Centner Mannheimer Kali-Guano; erst wird der Peru-Guano mit etwa 6—8 Centner Erde gemischt und dann der Kali-Guano zugesetzt. Der Dünger wird leicht untergepflügt. Um guten Tabak zu erzielen, ist besonders die Anwendung von etwa 1 Centner Holzasche sehr zu empfehlen. Außer der Holzasche wendet man noch Peru-Guano oder Stallbünger an. Die Holzasche soll aber nicht mit letzteren gemischt, sondern für sich angewandt werden.

Es ist hier noch hervorzuheben, daß durch Anwendung von Jauche oder besonders von Kloaken-Dünger der Tabak schwer verbrennlich wird und daher als Rauchtabak weit weniger Werth hat.

Mais.

Zur Entwickelung der ganzen Pflanze verlangt der Mais viel Kali und viel Stickstoff, daher ist besonders für Grün-mais, aber auch, um große Ernte an Samen zu erhalten, der Mannheimer Kali-Guano zu empfehlen, und zwar 3—5 Centner auf den Morgen oder für dieselbe Fläche 2 Centner gedämpftes Knochenmehl und 3 Centner Kali-Superphosphat. Man düngt den mit Erde gemischten Dünger entweder in Stufen oder pflügt ihn leicht unter.

Wiesen.

Je kräftiger die guten Gräser sich entwickeln können, um so weniger entwickeln sich die schlechten Wiesengräser. Daher kommt es denn auch, daß, nach Anwendung geeigneter Dünger, mehr und mehr die dickstengeligen Pflanzen, so wie Moose verschwinden und gute Gräser an ihre Stelle treten. Außerdem erscheinen, nach Anwendung Phosphorsäure reicher Dünger, wie oben schon angeführt wurde, sehr bald Kleepflanzen; man erhält daher nicht nur mehr, sondern auch besseres Heu.

Zur Düngung der Wiesen kann man mit Vortheil sowohl Superphosphat, als Kali-Superphosphat, als auch Knochenmehl anwenden. Da die Graspflanze ziemlich viel Kali und Phosphorsäure verlangt, so ist die Wirkung dieser Dünger meist sehr bedeutend. Auf den Morgen kann man 3—4 Centner Superphosphat und 1 Centner Kalisalz oder 4 Centner Kali-Superphosphat verwenden. Bei Beiden ist ein Zusatz von 1—2 Centner Knochenmehl sehr zu empfehlen. Man mischt diese Dünger mit viel, wenigstens mit ihrer 6—8fachen Menge Erde und streut sie Ende Februar oder Anfang März aus. Daß auch der Compostdünger erst zu dieser Zeit anzuwenden ist, wurde oben angegeben.

Bei saueren Wiesen wendet man eine Mischung von gebranntem Kalk mit Asche und mit Erde (s. S. 41) oder folgende Mischung auf den Morgen an:

Gebrannter Kalk, an der Luft zerfallen, 2 Centner.

Kalisalz (rohes schwefelsaures Kali), 1—1½ Centner.

Knochenmehl (rohes oder gedämpftes), 2 Centner.

Beide Ersteren werden zuerst mit ziemlich viel Erde (mindestens 6 bis 8 Centner) und dann mit dem Knochenmehl gemischt, mit Erde bedeckt, einige Wochen liegen gelassen und ausgestreut.

Reben.

Die Reben bedürfen zu ihrem guten Gedeihen besonders viel Kali, und es ist eine feststehende Thatsache, daß durch genügenden Gehalt an Kali im Boden der Wein besser wird und man eine größere Menge des letztern erhält. Die Rebgegenden, wo es guten und viel Wein gibt, haben, so viel jetzt bekannt ist, immer einen Boden, der viel Kali enthält.

Als käuflicher concentrirter Dünger ist daher der Kali-Guano zu verwenden und zwar auf den Viertel-Morgen 1—1½ Centner. Man mischt diesen Dünger mit seiner 4—5fachen Menge Erde, gräbt dann über den Wurzeln möglichst tief auf und streut in jeden Graben die betreffende Menge Dünger. Hat man z. B. auf dem Viertel-Morgen 2000 Stöcke und mischt den Dünger mit so viel Erde, daß man im Ganzen ungefähr 5 Centner erhält, so kommt in jeden Graben etwa ¼ Pfund, sind nur 1500 Stöcke auf dem Viertel-Morgen, ⅓ Pfund der Mischung.

Bei den Reben darf man nicht vergessen, daß sie zum Wachsthum des Holzes ziemlich viel Kalk brauchen, deshalb muß überall da, wo der Boden zu arm ist an Kalk (s. S. 18), solcher zugeführt werden, sei es in Form von Kalkboden (Mergel, Löß, Rheinschlamm) oder Leimkalk der Gerber oder als Gyps.

Hopfen.

Verlangt sowohl für seine Stengel und Blätter, als für die Blüthen besonders viel Kali, aber auch Stickstoff und Phosphorsäure in ziemlicher Menge. Da diese drei Stoffe in dem Kali-Guano enthalten sind, so läßt sich eine günstige Wirkung besonders auf die Entwickelung des Hopfens erwarten. Auf den Morgen verwendet man 5—6 Centner oder gleichzeitig Stalldünger und dann verhältnißmäßig weniger Kali-Guano. Etwas billiger kommt folgende Mischung: 4 Centner Kali-Superphosphat und 1—2 Centner Peru-Guano. — Der Dünger wird möglichst bald in die aufgegrabenen Löcher gebracht, dabei ist aber zu bemerken, daß der Kali-Dünger mit viel Erde (etwa seiner 4—5fachen Menge) gemischt, und nicht allzu nahe an die Pflanze gebracht werden darf.

Zusammenstellung der Mengen künstlicher Dünger, die auf den Morgen Feld für die einzelnen Culturpflanzen zu verwenden sind.

Getreide 4 Centner Superphosphat. In kali-armem Boden noch ½ Centner Chlorkalium.

Reps 4 Ctr. Supershosphat oder 4 Ctr. Knochenmehl. In kali-armem Boden noch ½ Ctr. Chlorkalium.

Kartoffeln 3 Ctr. Superphosphat und 1 Ctr. schwefelsaures Kali *).

Topinambur 3 Ctr. Superphosphat und 1 Ctr. Chlorkalium oder 4 Ctr. Kali-Superphosphat.

Zuckerrüben 2½ Ctr. Superphosphat, 1½ Ctr. schwefelsaures Kali und 1 Ctr. Peru-Guano oder 4½—5 Ctr. Mannheimer Kali-Guano.

Runkelrüben, Futterrüben, Gelbrüben 3 Ctr. Superphosphat und 1½ Ctr. Kali-Salz **), oder 4 Ctr. Kali-Superphosphat.

Mais, wie Zuckerrüben, oder 2 Ctr. gedämpftes Knochenmehl (oder 1 Ctr. Peru-Guano) und 3—4 Ctr. Kali-Superphosphat.

Klee 3 Ctr. Superphosphat und 2 Ctr. Kali-Salz, oder 4 Ctr. Kali-Superphosphat.

Wiesen 3 Ctr. Superphosphat, 1 Ctr. Kali-Salz und 1 Ctr. gedämpftes Knochenmehl oder 2 Ctr. Knochenmehl und 2—4 Ctr. Kali-Superphosphat.

Hanf 4—5 Ctr. Peru-Guano und 1 Ctr. Mannheimer Kali-Guano.

---

*) Unter Chlorkalium und schwefelsaurem Kali versteht man hier das concentrirte Salz.

**) Kali-Salz oder rohes schwefelsaures Kali. S. S. 36.

Lein 3 Ctr. Peru-Guano, ³/₄ Ctr. Mannheimer Kali-Guano.

Tabak 1 Ctr. Peru-Guano, 4 Ctr. Mannheimer Kali-Guano.

Reben 2½ Ctr. Superphosphat, 1½ Ctr. schwefelsaures Kali, 1 Ctr. Peru-Guano oder 5—6 Ctr. Mannheimer Kali-Guano.

Hopfen 4 Ctr. Kali-Superphosphat und 1—2 Ctr. Peru-Guano oder 5—6 Ctr. Mannheimer Kali-Guano.

Im Verlage von J. Schneider in Mannheim sind ferner erschienen und in allen Buchhandlungen zu haben:

Die politische Reform in Baden.

Von

Heinrich von Feder,

Abgeordneter der Zweiten Kammer.

7 Bogen gr. 8. geh. Preis 14 Sgr. = 48 kr. rhein.

Inhalt:

1) Die politische Reform im Allgemeinen. — 2) Die Reorganisation der Ersten Kammer. — 3) Die Revision der Wahlordnung zur Zweiten Kammer. — 4) Die Ergänzung des Verfassungsrechtes. — 5) Die Gewähr der Verfassung. — 6) Ergebnisse.

Carl Friedrich Nebenius.

Ein Lebensbild

eines deutschen Staatsmannes und Gelehrten.

Zugleich ein Beitrag

zur Geschichte Badens und des deutschen Zollvereins

von **Dr. Jos. Beck,**

Gr. bad. Geh. Hofrath.

9 Bogen gr. 8. geh. Preis 18 Sgr. = 1 fl. rhein.

Der neueste Fasten-Hirtenbrief

des

Erzbischofs von Freiburg

Herrmann von Vicari.

Besonders für freisinnige Katholiken beleuchtet

von

Carl Scholl,

Prediger der freireligiösen Gemeinden in Mannheim und Heidelberg.

2½ Bogen gr. 8. geh. Preis 4½ Sgr. = 15 kr. rhein.

Der Protestanten-Verein

und die moderne Kultur.

Erwägungen eines der Kirche Entfremdeten.

6 Bogen gr. 8°. geh. Preis 10 Sgr. = 36 kr. rhein.